나를
아프게 하는
것들

Anselm Grün, Grün, Wege der Verwandlung.
Emotionen als Kraftquelle entdecken und seelische Verletzungen heilen
edited by Rudolf Walter
ⓒ 2016 Verlag Herder GmbH, Freiburg im Breisgau

나를 아프게 하는 것들

펴낸날 2018년 03월 05일 초판 1쇄

지은이 안셀름 그륀 **옮긴이** 안미라
펴낸이 김광자 **북디자인** 구민재page9 **펴낸곳** 챕터하우스
출판신고 2007년 8월 29일 제315-2007-000038호
주소 서울시 강서구 화곡로68길 47, 601호
전화 070-8842-2168 **팩스** 02-2659-2168 **이메일** chapterhouse@naver.com
트위터 @chapterhouse1 **블로그** blog.naver.com/chapterhouse

ISBN 978-89-6994-021-6 03840

책값은 뒤표지에 있습니다. 잘못된 책은 구입하신 곳에서 바꾸어 드립니다.

이 도서의 국립중앙도서관 출판시도서목록(CIP)은
서지정보유통지원시스템 홈페이지(http://seoji.nl.go.kr)와
국가자료공동목록시스템(http://www.nl.go.kr/kolisnet)에서 이용하실 수 있습니다.
(CIP제어번호 : CIP2018005421)

나를
아프게 하는
것들

안셀름 그린 글

안미라 옮김

CHAPTER
HOUSE
챕터하우스

인간 성숙과
변화의 원천인
감정

"독약 좀 갖다 주게 이야고, 오늘 밤에 말이야. 난 데스데모
나와 길게 얘기하지 않을 거야. 그녀 육체의 아름다움 때문에
결심이 다시 약해지면 안 되니까. 오늘 밤이야, 이야고."

"독약으로 하지 말고 침대에서 목을 조르십시오. 그녀가 오
염시킨 바로 그 침대에서요."

"좋아 좋아, 그 정당성이 만족스러워. 아주 좋아. 최고로 좋
았어."

셰익스피어의 『오셀로』에서 간교한 이야고의 꾐에 빠져 부
인 데스데모나가 카시오와 잠자리를 했다고 믿고, 그런 데스데

모나를 죽이려고 오셀로가 결심하면서 이야고와 나눈 대화이다. 데스데모나를 위해서라면 목숨도 기꺼이 바치겠다던 오셀로가 그렇게 결심하기까지 그의 마음속에서 무엇이 일어났다 사라졌을까? 표현할 수 없을 만큼 수많은 감정과 생각이 그를 괴롭히며 혼란스럽게 했을 것이다.

인간은 차갑고 날카로우며 지속성을 주된 특징으로 하는 이성과 부드럽고 유연하며 즉발성이 특징인 감정을 한 몸에 지니고 있는 생물체다. 이런 이성과 감정의 역동적인 작용으로 자신의 내면과 외부에서 온갖 것을 창조해낼 수 있는 신비로운 존재가 인간이다.

감정은 사람들의 마음속에서 자연스럽게 일어나는, 샘물과 같다. 감정은 삶의 원동력이며 그 사람이 살아있음을 가장 빠르게 알게 해주는 표지이다. 일상생활 속에서 오셀로의 분노와 증오와 살의 같은 감정은 흔한 것이 아니다. 그렇다고 특별한 사람에게만 일어난다는 의미도 아니다. 그와 같은 감정의 소용돌이 속에 빠져들 가능성이 일반적으로 많지 않다는 말이다. 보통 사람들은 일상생활 속에서 흔히 체험하게 되는 감정의 작은 움직임으로 기뻐하고 괴로워하며 살아가고 있다.

사람들을 행복하게 하고 살맛나게 하며 혼란스럽게 하고

괴롭게도 하는 감정. 자신도 상처 받을 수 있고 다른 사람에게 깊은 상처를 줄 수 있는 감정이 무엇이고 이들을 어떻게 대해야 하는지? 이 질문과 응답에 대한 가장 오래된 전문가는 사막의 교부들이다. 이들은 수도생활을 하는 자신과 동료들을 위해 사람들의 내면에서 끝없이 솟아오르는 잡다한 생각과 감정을 다스리고 순화시키는 방법을 찾으며 살았던 사람들이다.

안셀름 그륀은 사막의 교부들처럼 단순하게 살면서 자신의 내면에서 일어나고 있는 생각과 감정의 움직임과 흐름을 주시하며 사는 수도사다. 또한 자신의 수도생활 체험에 현대에 발달한 인간학 특히 심리학을 받아들여 그가 만나는 사람들을 돕는 데 힘을 쏟고 있는 상담가이며 영적 지도자이기도 하다.

지극히 당연한 것이지만, 그륀 신부는 모든 감정은 일차적으로 평가나 비판의 대상이 아니라고 한다. 비록 그것이 자신을 불편하게 하고 고통스럽게 하는 부정적인 감정이라 할지라도 무시하거나 억압해서는 안 되며, 그렇다고 감정을 있는 그대로 발산하고 표현하는 것이 최선책이라고 말하지도 않는다. 사막 교부들의 가르침에 따라, 마음에서 일어나고 있는 부정적인 감정의 움직임과 흐름을 바라보라고 말한다. 그러면 그 감정이 일어났던 원인과 그와 관련된 내외적 요인들에 대해 알게 되어 감정과 거리를 두며, 그것을 받아들일 수 있는 마음의 여유를 갖게 된다는 것이다. 마지막으로 그 감정을 하느님을 찾는 여정 안에서 바라보고 하느님께 내맡기라고 한다. 이런 과정을 통해 부정적인 감정이지만 이것을 자신의 성장과 성숙의 밑거름으로 사용하며, 하느님의 모습으로 창조된 자신의 원래 모습을 찾아 가는 변화의 길로 들어서게 된다.

자신의 삶에 뿌리를 두지 않고 자신에게 그대로 적용시킬 수 없는 인간에 대한 말과 지식과 이론은 공허한 것이다. 이 책 은 그륀 신부가 자신의 삶에서 길어 올린 지혜를 다른 사람들과 나누기 위해 쓴 것이다. 특히 부정적이라고 이름 붙인 열여섯 개의 감정과 이런 감정 때문에 힘들어 하고 있는 사람들을 위한 책이다. 그런 감정으로부터 자유로워지고 그 감정이 자기 자신 을 위한 변화의 길로 나가는 방법이 되었으면 한다.

● 방교원 신부

허용되지 않는
감정은 없다

인간은 감정을 느끼는 존재다. 바로 이 점에서 컴퓨터와 인간은 구별된다. 인간은 감정을 느끼는 정도가 아니라 감정에 의해 좌지우지된다고 해도 과언이 아니다. 다양한 감정을 느끼는 것이야말로 인간의 가장 큰 특징이라 할 수 있다. 누군가에게 지금 어떤 감정을 느끼느냐고 물으면, 그에 대한 대답을 통해 우리는 그 사람이 처해 있는 상황과 상태를 충분히 유추해볼 수 있다. 그만큼 우리의 삶은 우리가 느끼는 감정에 의해 달라질 수 있는 것이다. 감정을 무시하는 것은 삶의 가장 중요한 원동력 중 하나를 잃는 것이다. 감정은 사람을 움직이는 힘이고, 삶의 에너지와 기쁨을 제공하는 원천이다. 때로 감정이 사람을 짚

어삼키고 지배해 고통스럽게 할 수도 있다. 그리고 갈등과 마음의 상처를 일으키는 원인이 될 수도 있다.

그렇다면 우리가 우리의 감정을 '통제'할 수 있다면 모든 문제가 해결될까? 아니면 거칠고 강력한 자극들, 종종 기습적으로 나타나 우리를 송두리째 집어삼키려는 모든 자극들을 그냥 '쿨하게' 무시해 버리면 되는 걸까? 그냥 마음먹기에 달려 있는 것인가? 우리는 종종 사람들이 질책하는 어투로 말하는 것처럼 우리가 느끼는 감정과 '기분'에 대해 스스로에게 책임이 있단 말인가? 우리를 힘들게 하는 감정을 밀어내고 최대한 이성적으로 행동하고자 노력한다면 문제가 해결되는 것일까?

성공한 인생을 만들기 위해서는 우리의 감정, 특히 우리가 '부정적'이라고 평가하는 감정을 다루는 방법을 배워야 한다. 그렇다고 부정적인 감정들을 억누르고 밀어내라는 것이 아니다. 우리는 증오, 시기, 탐욕, 분노와 같은 부정적인 감정들을 다른 사람들의 모습 속에서 더 빠르고 예리하게 발견하곤 하지만, 이러한 감정들은 분명 우리 안에도 존재한다.

우리는 주어진 환경에 어떻게 반응하고 대응하느냐에 따라 그 환경에 영향을 미칠 수 있다. 반대로 우리에게 주어진 환경 역시 우리의 감정에 영향을 미친다. 직장에서의 압박, 사회적 요구 또는 부부, 연인, 가족 관계 속 엇갈린 기대 등은 스트레스를 유발하고 감정적 동요를 일으킬 수 있다.

우리가 원하든 원하지 않든, 우리가 맺는 모든 인간관계는 끊임없이 다양한 감정을 불러일으킨다. 부부나 연인, 친인척, 친구 관계를 비롯해 종교단체, 직장 등에서의 인간관계에서 우리는 끊임없이 다양한 감정을 경험한다. 긍정적이고 만족스러운 인간관계를 경험한 사람은 삶의 활력을 느끼며 그 관계 속에서 힘과 자신감을 얻을 것이다. 반면 부담스럽고 부정적인 인간관계로 상처를 받은 경험이 있다면 인간관계를 맺는 것을 힘들어하며 불편해할 것이다.

인간관계에서의 문제는 대다수가 상대의 예민한 감정을 비난하면서부터 시작된다. 우리는 상대에게 다음과 같이 요구하곤 한다. "예민하게 굴지 마. 당신은 감정이 없어야 해. 아니면 적어도 내가 원치 않는 종류의 감정은 느껴서는 안 돼. 그렇지 않으면 함께 사는 게 어려울 수도 있어." 그러나 현실에서는 이러한 요구가 받아들여지지도 않고, 설사 받아들여진다 하더라도 우리가 원하는 결과가 도출되지 않는다. 어떤 종류의 감정이든 밀어내려 하면 할수록 관계는 더욱 냉각되고 지루해진다. 그러한 인간관계에서는 에너지를 잃게 된다. 자신의 감정이 어떤 것인지 인지하고, 그것을 받아들일 수 있어야 보다 나은 관계로 발전하게 된다.

인간관계에서 가장 큰 문제는 우리가 항상 감정을 평가하려고 한다는 사실이다. 감정에 대한 평가로부터 자유로워지는 것이 중요하다. 감정은 그냥 존재하는 것이다. 우리는 마음속에 복수심이나 서운함, 질투, 시기를 발견할 때면 괴로워한다. 하지만 우리가 해야 할 첫 번째 일은 이러한 감정들을 있는 그대로 받아들이는 것이다. 이러한 감정들도 우리가 원했든 원하지 않았든 우리 안에 존재한다. 그다음으로, 이런 감정들을 어떻게 대할 것인지를 고민해보아야 한다.

인간관계는 우리의 감정에 영향을 미친다. 그리고 우리의 감정을 제대로 다룰 수 있는지의 여부는 인간관계를 성공적으로 이끄는 데 중요한 조건이다. 연인 간에 감정이 충돌하면 어떻게 해야 할까? 감정을 통제하지 못하고 감정에 휘둘리며 기분 내키는 대로 행동한다고 서로를 향해 비난하는 상황에서 어떻게 해야 할까?

먼저 자신의 감정이든 타인의 감정이든 가만히 바라볼 때, 그러니까 감정을 평가하거나 비판하지 않고 조용히 관찰할 때 우리는 자신과 타인을 더 잘 이해할 수 있는 길을 찾을 수 있다.

그렇게 되면 우리는 서로에게 더 가까워질 수 있으며 더 잘 협력할 수 있게 된다. 내가 나의 있는 그대로의 모습을 받아들일 때 그리고 상대의 모습 역시 있는 그대로 받아들일 때, 우리는 아름답게 더불어 살 수 있는 것이다. 그래서 가장 먼저 해야 할 일은 가만히 바라보는 것, 그리고 있는 그대로를 받아들이는 것이다.

한 유명 수도사의 에피소드를 통해 이 원리를 설명할 수 있다. 서로 다른 인생을 살고 있는 세 형제가 있었다. 한 명은 간호사, 다른 한 명은 기술자 그리고 또 다른 한 명은 수도사. 어느 날 간호사와 기술자가 불만이 가득한 채 흥분한 상태로 사막에서 지내고 있던 수도사를 찾아왔다. 둘은 물었다. "도대체 우리가 왜 이러는지 모르겠어요. 너무 많은 감정 때문에 혼란스러워요." 그러자 수도사가 돌 하나를 수도원 근처 우물에 던져 넣었다. 그리고는 형제들에게 우물 안을 들여다보라고 하였다. 우물 속을 들여다본 형제는 방금 떨어진 돌이 일으킨 물의 출렁임 때문에 아무것도 알아볼 수가 없었다. 시간이 지나고 우물 안 물이 잠잠해지자 수도사는 형제들에게 다시 한번 우물 속을 확인하게 하였다. 형제들은 이번에는 물속에 비친 자신들의 모습을 볼 수 있었다.

수도사들이 전통적으로 배우는 감정을 다루는 방법들에 대해서는 1장에서 상세히 설명하겠다. 위 에피소드는 자신의 모습을 발견하고 있는 그대로 받아들여야 한다는 사실을 일깨워주고 있다. 자신의 감정에 대해 생각해본다는 것은 자기 자신을 발견할 수 있는 가장 좋은 기회이기도 하다. 우리 안을 가득 채우고 있는 복잡한 감정들을 좀 더 정확하게 알게 되면, 이 감정들을 다룰 수 있는 방법도 찾아낼 수 있다.

이 책은 우리를 힘들게 하는, 그래서 우리가 부정적으로 '나쁘다'고 평가해버리는 시기, 분노, 서운함, 수치심, 두려움, 열등감, 질투 등과 같은 감정들을 다루고자 한다. 우리가 원하든 원하지 않든 이러한 감정들은 우리에게 찾아오기 마련이다. 때로 기습적으로 찾아오기도 한다. 그래서 이러한 감정들은 우리를 거칠게 공격하고, 삶의 즐거움을 빼앗아가 버리고, 더불어 사는 삶을 방해하며, 삶의 자연스러운 흐름을 가로막기도 한다. 우리의 과제는 이러한 감정들로 인해 출렁이고 오염된 물이 고요해지고 투명해지도록 만드는 것이다. 그래야 나의 모습을 더 잘 볼 수 있을 뿐 아니라 차분히 행동할 수 있기 때문이다.

우선 각각의 감정들에 대해 살펴보고자 한다. 감정들을 자세히 살펴보면 서로 연결되어 있음을 발견할 수 있다. 하나의 지배적인 감정이 다른 감정들과 결합되어 있다는 것이다. 예를 들어 시기는 서운함과 쉽게 결합한다. 분노는 복수심과 결합할 때 더 끓어오른다. 화는 질투가 더해지면 예측 불가능해지고 폭발해 버릴 수 있다. 이 책에서는 감정들 간의 이러한 관계에 대해서도 함께 살펴볼 것이다.

〈단순하게 살아가기〉(안셀름 그륀이 편지 형식으로 쓴 월간 잡지-옮긴이)를 통해 소개된 이 책의 구절들에 대한 반응은 많은 사람들이 이 책이 다루는 주제에 관심을 갖는다는 사실을 보여주었다. 특히 여러 감정을 평가하지 않고 바라보아야 한다는 점이 큰 호응을 얻었다. 독자들의 질문은 항상 비슷하다. 감정을 주제로 다루었던 강연에서 참가자들이 던지는 질문들도 마찬가지다. 태국에서 필자의 책을 출판한 출판사 사장의 비판적인 질문들을 받고 나눈 대화에서도 마찬가지였다. 특히 감정을 다루는 남자와 여자의 차이에 많은 사람들이 주목하였다. 감정을 다루는 방식에는 분명 문화적 차이가 존재하지만 감정에 대한 근본적인 문제는 어디에서나 비슷하다.

강연을 할 때마다 강연 참가들이 함께 명상하기를 원했다. 그래서 이 책에서는 각각의 감정에 대해 서술한 후에 해당 감정을 다루는 데 도움이 되는 명상법을 소개하고 있다.

많은 사람들이 이 책을 통하여 자신의 감정을 아무런 평가나 비판 없이 바라봄으로써 자신과 다른 사람들에 대하여 더 관대해지며, 더 풍성하고 결실이 많은 삶과 인간관계를 만들어갈 수 있기를 바란다.

안셀름 그륀

2장

더 나은 인생을 살고 싶다면,
부정적인 감정을 변화시켜라

맺는 말

1장

감정은
평생 풀어야 할
숙제이다

부정적인 것들을
밀어내는 대신
변화시켜라

상처는 치유될 수 있다

부정적인 감정들은 대부분의 경우 상처 때문에 생긴다. 그리고 상처는 이러한 부정적 감정들을 들여다보고 변화시킬 때만 치유될 수 있다. 부정적 감정들이 변화되면 삶 속에서 우리를 아프게 했던 상처들도 사라지게 된다. 여기에서 부정적 감정들의 변화가 구체적으로 무엇을 의미하는지 다음의 두 사례를 통해 살펴보자. 먼저 나와 종종 함께 공동행사를 개최하는 유명 리코더 연주자인 한스-위르겐 후프아이젠의 이야기다. 그는 60세 생일 기념으로 한 권의 책을 내면서 자신의 어린 시절 이야기를 소개하였다. 정말 믿기 힘든 이야기였다. 그의 어머니는 그가 태어난 지 삼일 만에 여관방에 갓난아이를 홀로 남겨두고, 그것도 아이 위에 베개를 올려놓고 떠났다는 것이다. 여관 주인은 아이의 울음소리를 듣고 베개 아래 깔려 있던 아이를 구해주었고 그를 보육원으로 보냈다고 한다. 보육원 교사는 다섯 살이 된 후프아이젠에게 리코더를 선물해주었고, 그 선물은 그의 인생을 구원해주는 도구가 되었다. 왜냐하면 버려진 아이의 마음속 상처가 리코더 연주를 통해 변하고 치유되었기 때문이다. 그 후 후프아이젠은 자신의 리코더 연주를 통해 수많은 사람들을 즐겁게 해주었고, 유럽에서 가장 유명한 리코더 연주자 중 하나가 되었다. 갓난아이를 짓눌렀던 베개의 무게는 널리 퍼지는 음악으로, 숨이 막혀 괴로웠던 기억은 아름다운 멜로디로 변한 것이다.

그다음으로 내 아버지의 이야기를 소개하고 싶다. 아버지는 전쟁 이후 전자제품상점을 운영하였는데, 사기꾼의 속임수 때문에 결국 파산하게 되었다. 그리고 우리 일곱 형제와 부모님이 살고 있던 집도 경매에 붙여질 상황이었다. 그러나 아버지는 신실한 기독교인이었다. 아버지는 주기도문의 내용이 이루어질 거라 확신했다. 하루도 빠짐없이 "오늘 저희에게 일용할 양식을 주시고"를 외면서 위기의 순간에도 이 기도의 응답을 믿었다. "저희에게 잘못한 이를 저희도 용서하였듯이"를 외면서 아버지는 사기꾼에게 당한 억울함과 좌절을 마음의 평화와 자유로 변화시켰다.

상처 없는 관계는 없다

우리가 경험하는 인간관계 속 수많은 문제의 원인은 서로 상처를 내면서부터 시작된다. 상대방이 나에게 상처를 주면, 나도 그에게 상처를 주기 마련이다. 상처 없는 관계는 없다. 상처 없는 사랑도 없다. 가장 근본적인 해결책은 상처를 인정하는 것이다. 이는 자기인식의 가장 중요한 단계이다. 우리는 다른 사람과의 관계를 통해서 나 자신에 대해 보다 깊이 알게 된다. 다른 사람과의 관계 속에서 우리는 어린 시절에 생긴 상처를 발견하게 된다. 배우자나 연인이 나에게 상처를 주면 내 안에 숨어 있던 상처 받은 어린아이가 튀어나와 소리를 지른다. 충분히 관심 받지 못한 아이, 홀로 남겨진 아이, 구박을 받던 아이, 무시당하던 아이, 늘 무언가가 부족했던 아이가 울부짖는다.

애초부터 상처를 받지 않을 수는 없다. 그러나 상처를 통해서 자기 자신을 보다 잘 이해할 수 있게 되므로, 상처에는 자신의 가면을 내려놓고 자신의 진짜 모습을 다른 사람들에게 보여줄 수 있게 도와주는 긍정적 효과도 있다. 여기에서 자신의 진짜 모습이란 오래된 상처와 감추고 싶은 자신의 예민한 부분들까지 포함한다. 이렇게 자신의 진짜 모습을 보여줄 때 우리는 쿨한 척할 때보다 훨씬 더 서로에게 가까워질 수 있다. 게다가 그러한 자세는 사람을 겸허하고 겸손하게 만든다. 자신의 예민한 부분들 그리고 기분에 따라 수시로 바뀌는 모습까지, 있는 그대로의 자신을 받아들이게 된다. 그렇게 되면 사랑하는 사이에 가식적인 모습을 보일 필요가 없다. 내 안에 존재하는 나의 상처와 상대방의 상처를 발견하게 되는 것이다. 그렇지만 상처 때문에 서로를 비난하지 않는다. 각자의 진짜 모습으로 상대를 대하는 것이다. 그러면 상대의 특정 이미지를 사랑하는 것이 아니라 있는 그대로의 모습을 사랑할 수 있게 되는 것이다. 그러한 사랑은 사람을 자유롭게 해준다. 진정한 사랑은 상대방에 대해 내가 만들어낸 환상이나 이미지를 깨버리기 때문이다. 진정한 사랑은 나를 상대방의 마음 깊숙한 곳으로 인도하며 상대를 향한 나의 마음을 완전하게 열어준다. 결론적으로 상처는 사랑을 더욱 깊게 그리고 더 솔직하고 진정성 있게 만들어 주는 기회가 될 수도 있다.

부정적인 감정을 허용해도 괜찮은 걸까

이 책은 감정의 변화에 대해 다루고 있다. 감정은 우리 삶의 일부이며 인생의 색깔을 결정하기 때문에 감정으로부터 자유로워진다거나 감정을 억누르는 방법을 찾으려는 것이 아니다. 감정은 인간의 중요한 특징이다. 감정은 우리를 움직이고 우리에게 힘을 준다. 그러나 감정은 종종 우리를 지배하기도 한다. 특히 부정적인 감정의 경우가 그렇다. 너무나 큰 상처를 입어 복수할 생각만 가득할 정도로 분노한 경우가 그렇다. 또는 마음이 갈기갈기 찢어질 정도로 다른 사람에 대한 질투가 클 경우도 그렇다. 아니면 내 자신이 무가치하게 느껴지고 무시를 당한 기분이 들 정도로 다른 사람의 태도에 예민한 경우도 마찬가지다. 다른 것이 전혀 눈에 들어오지 않을 정도로 화가 치밀 경우, 탈출구가 없는 구덩이에 빠진 듯 헤어나지 못할 깊은 슬픔에 잠겼을 경우에도 우리는 감정의 지배를 받는다.

그렇다면 이러한 감정들을 허용해도 괜찮은 걸까? 애초에 부정적 감정들이 생겨나지 않도록 모든 노력을 기울여야 하는 것 아닌가? 만약 부정적 감정들이 일어났다면 모든 방법을 동원해 그 감정들에 맞서 싸워야 하는 걸까? 감정에 휘둘리지 않기 위한 각종 비법과 전략을 소개하는 저서들도 많다. 철저하게 감정이 통제된, 합리적이고 이성적인 태도가 우리가 추구해야 할 이상적인 태도일까?

감정이 사라지게 되면, 생명력도 상실된다

우리 안에 있는 감정들을 밀어내면, 그 감정들은 우리에게서 사라지게 된다. 그러나 그렇게 일부 감정이 사라지게 되면, 그만큼 삶의 에너지도 약해진다. 독일어에 온화하다(sanftmütig)는 표현이 있다. 온화한 사람은 부드러운 사람이지만 결코 감정이 메마른 사람을 뜻하지는 않는다. 부드럽다를 뜻하는 'sanft'는 'sammeln' 즉, '모으다'라는 단어에서 유래했다. 온화한 사람은 자신의 모든 감정을 모으는 사람 즉, 감정들을 존중하고 서로 연결시키는 사람이다. 그런 사람은 생명력이 넘치며, 다른 사람에게 자신의 온전한 모습을 보여준다. 이성적이기만 한 사람은 다른 사람들에게 '머리'만을 보여줄 뿐 '가슴'을 보여주지 않는다. 인간적인 모습을 보여주지 않는다는 것이다. 그런 사람은 다른 사람들과 소통하지도 못하고 마음을 나누기도 어렵다.

물론 사람들과의 관계에서는 서로 예의를 지켜야 하므로, 모든 감정을 아무런 제약 없이 다 표출할 수는 없다. 그렇다고 감정을 밀어내라는 것은 아니다. 밀어낸다는 말은 다른 사람과 거리를 둔다거나 다른 사람에게 예의를 갖추는 것과는 다른 의미를 지닌다. 밀어낸다는 말은 자신의 감정을 억누르거나 무시한다는 것이다. 부정해버린다는 뜻이다. 이는 결코 좋은 방법이 아니다. 밀어낸 감정들은 사라져버리는 것이 아니고, 어떻게 해서든 표출되려고 하기 때문이다. 대부분의 경우 부적절한 순간에 이 감정들이 밖으로 튀어나와 다른 사람과의 관계를 불편하게 만든다.

어떤 사람들은 모든 심리학적 또는 영성적 방법들을 통해 부정적인 감정들을 이겨 내려고 한다. 그러나 부정적인 감정들에 맞서 싸우게 되면 그 감정들은 더욱 커질 뿐이다. 특정 감정을 극복하기 위해 노력하는 사람들은 그러한 노력들을 통해 그 감정이 부적절하다는 사실, 그리고 그러한 감정들을 느끼는 자기 자신이 부정적으로 평가를 받아야 할 사람이라는 사실을 표현한다.

부정적 감정에도 에너지가 있다

우리가 해야 할 일은 평가가 아니라 변화다. 감정에 대한 평가가 아니라 감정을 대하는 태도를 변화시키는 것이다. 당시 느꼈던 부정적 감정의 의미를 생각해보는 것이다. 왜냐하면 부정적인 감정들 역시 모두 에너지를 가지고 있고, 그 에너지도 인생을 풍요롭게 만드는 데 도움이 되기 때문이다. 변신(Veränderung)의 목표는 완전히 달라지는 것이다. 변신이라는 단어를 구성하는 '다른(ander)'의 의미는 오묘하다. 'ander'는 순서를 가리키는 '다음'의 의미도 갖고 있기 때문에 사실상 평가와 관련이 있기도 하다. 다른 선택이라는 것은 선택지 중 첫 번째가 아닌 두 번째라는 뜻이다. 반면 변화(Verwandlung)의 목표는 변신의 목표와 다르다. 변화는 다른 내가 됨으로써 원래의 나를 부정하는 것이 아니다. 변화는 하느님께서 주신 유일무이한 나의 모습을 온전하게 되찾는 것, 내 진짜 모습이 더 투명하게 드러나게 되는 것이다.

변화는 있는 그대로를 존중하며 결코 평가하지 않는다

변화는 있는 그대로의 모습을 존중하며 결코 기존의 것에 대한 평가를 내리지 않는다. 지금의 상태를 하느님께 내맡기고 하느님의 영으로 모든 것을 가득 채우고 바꾸는 것이 변화다. 그렇다고 변화가 수동적인 것만은 아니다. 건설적이지 못하고 바람직하지 못한 태도에 대해 적극적으로 저항함으로써 적극적인 변화를 위해 노력할 수도 있다. 이는 마치 댐을 건설해 전기를 생산하는 것과 같다. 물은 댐을 통과하면서 에너지를 생산한다. 적극적 변화는 시도를 통해 가능하다. 특정 삶의 태도들을 시도해보는 것 또는 특정 행동들을 시도해보는 것이다. 이러한 노력을 통해 마음의 자세가 바뀔 수 있다. 이 책은 바로 이러한 시도들에 대해서도 이야기한다.

근본적인 문제

스스로를 부정하지 않는 동시에 다른 사람과 평화롭게 공존하는 방법은 무엇인가? 사랑을 더욱 깊게 그리고 더 솔직하고 진정성 있게 만들어주는 기회로서 상처를 활용할 수 있는가? 전혀 새로울 것 없는 질문들이다. 우리는 이 문제에 대해 오랜 영성 훈련의 전통에서 바로 오늘날 우리가 필요로 하는 해답을 찾을 수 있다.

영성 훈련의
전통에서
배우다

영성 훈련의 목표인 자기화 Selbstwerdung

부정적인 감정을 다루는 것은 이기심이 아니라 자기화와 관련이 있다. 결국 영성적 테마라고 할 수 있다. 자기 자신과 대면하는 법을 아는 사람만이 타인과의 관계도 잘 맺기 마련이다. 진정한 자기는 자아(Ego)와는 다른 것이다. 자아는 항상 자신을 드러내고 지배하려고 한다. 그러나 우리가 궁극적으로 찾고자 하는 것은 자아가 아니라 진정한 자기 즉, 인간 중심이다. 그리고 이것은 억압이나 변신이 아닌, 변화를 통해서만 가능하다. 변화는 기독교 영성의 중요한 테마이다. 4~6세기 이집트에는 자기성찰의 대가였던 '사막의 교부들'이 살았는데, 그들의 전통을 살펴보면 변화가 어떻게 가능한지 알 수 있다. 또한 신비주의자들을 통해서도 신실한 종교인들이 감정을 어떻게 다루고 있는지 확인할 수 있다.

사막의 교부들의 열정과 평온함

사막의 교부들에게는 감정과 복잡한 생각들, 욕구와 열정 등을 어떻게 다룰 것인지가 중요한 문제였다. 하느님만 바라보아야 할 수행 과정에서 그들은 여러 생각들과 열정들을 마주하게 되었다. 즉, 자기 내면의 모습과 마주하였던 것이다. 사막의 교부들은 그러한 생각들과 열정들을 로기스모이라고 불렀다. 로기스모스(로기스모이의 단수 형태-옮긴이)는 설명이 어려운 단어이다. 그래서 내적 속삭임, 설득, 생각, 열정적인 마음, 불안정한 마음, 고심, 쓸데없는 생각 등의 개념을 통해 우회적으로 설명하는 방법밖에 없다. 사막의 교부들은 과거에 경험했던 것들을 로기스모이 형태로 다시 마주해야만 했다. 그들은 이 생각들과 씨름하면서 이 생각들의 지배를 받지 않고 복잡한 생각으로부터 자유로워지는 내적 평화를 찾고자 했다. 사막의 교부들의 삶의 목표는 내적 평정 즉, 헤시키아(침묵, 고요, 평온)의 상태를 달성하는 것이었다. 그러나 이 내적 평정을 이루기 위해서는 복잡한 생각과 열정을 분석하고 탐구해야만 한다. 마음속 깊은 곳 어딘가에는 하느님이 머무시는 고요한 장소가 있다. 영혼의 가장 깊은, 이 곳을 발견하기 위해서는 생각, 열정, 감정의 혼돈 속을 지나가야 한다.

하느님이 도와주신다

로기스모이와의 씨름은 감정을 억누르거나 제거하는 것을 목표로 하지 않는다. 모든 감정은 다 나름의 의미가 있기 때문이다. 감정(Emotion)은 움직이다를 뜻하는 라틴어 '모베레(movere)'라는 단어에 뿌리를 두고 있다. 감정은 우리를 움직이는 에너지의 원천이다. 만약 감정을 아예 차단해버린다면 에너지가 부족하게 될 것이다. 그러나 감정이나 열정이 우리를 지배할 수도 있다. 바로 이런 이유로 모든 종류의 감정, 그러니까 모든 로기스모스에 내재되어 있는 긍정적 에너지를 찾아내 각자에게 맞게 활용해야 한다. 이는 오로지 변화를 통해서만 가능하다. 우선 감정들을 바라보며 이 감정들을 어떻게 변화시켜야 할지를 생각해보아야 한다. 이 변화는 스스로의 노력을 통해서만 가능하다. 그러나 이 변화의 과정에는 하느님이 함께하신다. 따라서 로기스모이에 관하여 하느님에게 그것들을 맡겨 그분의 영이 모든 감정을 가득 채우고 변화시킬 수 있게 하면 된다.

우리를 해치려는 악마와의 싸움

수도사들은 우리 마음속에서 일어나는 생각과 감정들에 대해 우리는 아무런 책임이 없다고 말한다. 그것들을 어떻게 사용하고 다룰 것인지에 대한 책임만 있다는 것이다. 로기스모이는 마치 우리를 기습하는 '악마'와 같다. 로기스모이가 우리를 지배하게 하면, 로기스모이는 우리를 해친다. 그러나 로기스모이와 씨름한다면 로기스모이로부터 에너지를 끌어낼 수 있다.

수도사들 사이에 전해져 내려오는 말이 있다. "영혼의 지도자 포이멘이 어느 날 요셉 아빠스를 찾아가 물었다. '열정이 너무 가까이 다가오면 어떻게 해야 합니까? 거부해야 합니까? 아니면 자연스럽게 받아들여야 합니까?' 그러자 더 많은 경험자인 요셉이 답했다. '그냥 받아들이고 열정과 씨름하게.' 포이멘은 스케티스 사막으로 돌아갔고, 테바이스 사막의 동료 수도사가 포이멘을 찾아왔다. 이 수도사 역시 요셉을 찾아가 열정에 너무 가까워지면 그것들을 거부해야 할지 아니면 받아들여야할지 물었다. 그러자 요셉은 열정이 애초에 마음에 들어오지 못하도록 철저하게 차단하라고 했다는 것이었다. 이 이야기를 들은 포이멘은 벌떡 일어나 파네포에 있는 요셉을 찾아가 따졌다. '아빠스, 당신에게 나의 생각(로기스모이)에 관한 조언을 구했는

나를 아프게 하는 것들

데 어째서 나에게 테바이스의 동료에게 해주신 것과 다른 말씀을 해주셨습니까?' 그러자 요셉 아빠스가 답했다. '내가 자네를 아낀다는 사실을 모르나?' 포이멘은 '그 사실은 잘 알고 있다'고 답했다. 그러면서 '아빠스께서 자기 자신에게 하듯 저에게 하신다 하지 않았습니까?'라고 반문하였다. '그렇다네. 열정이 생기기 시작하면, 그것들이 설 자리를 주고 그것들로부터 자네가 필요한 것들을 취하게. 그렇게 되면 그 열정들보다 자네가 더 강하다는 것이 입증되네. 내가 자네에게 해준 대답은 나 자신에게 하는 말이라네. 그러나 어떤 이들은 열정이 가까워질 때 그 열정을 전혀 활용할 줄 모른다네. 그런 사람들은 애초에 열정이 접근하지 못하게 철저하게 차단을 해야 하는 걸세.'"(《요셉》 3쪽)

열정의 힘 활용하기

결국 내적 힘이 모든 것을 좌우한다. 어떤 사람들은 열정을 피하고 가능한 열정과 거리를 두어야 한다. 그렇지 않으면 열정의 지배를 당하기 때문이다. 그런가 하면 열정을 수용하고 열정과 대화를 나눔으로써 열정이 나에게 무슨 이야기를 하고 있는지 살펴보는 사람들도 있다. 그런 사람들은 열정의 힘을 활용할 수 있는 사람들이다. 요셉 아빠스는 이렇게 설명한다. 열정이 나를 더욱 견고하고 강하게 만들어주며 인생의 값진 경험을 제공해줄 것이다. 그리고 그 경험들이 나를 자유와 믿음 가운데 살게 해줄 것이다. 그러기에 열정에 대한 두려움이 없다. 그리고 언제든 열정을 맞이할 수 있다. 열정을 조용히 바라보면서 나에게 유익한 부분을 취하면 된다. 그리고 해가 되는 부분들은 밖에 그대로 내버려 두면 된다.

적, 친구로 만들기

요셉 아빠스가 열정이나 감정을 대하는 태도에 대하여 4세기에 설명한 두 가지 방식은 오늘날에도 여전히 유효하다. 마음을 다스리는 방법을 소개하는 조언서들은 대부분의 경우 두 번째 방식을 권한다. 즉 부정적인 감정을 가능한 방지하거나 제거하라고 조언한다. 그러나 특정 태도나 감정에 맞설수록 그 태도나 감정은 더 강해지고 저항은 더욱 거세진다. 그래서 나는 요셉 아빠스가 권했던 첫 번째 방식이 더 도움이 된다고 생각한다. 그것은 변화의 방식이라고 부를 수도 있다. 오래전 수도사들이 적용했던 원리에 따라 나는 이 책에서 다양한 부정적 감정과 그 감정들의 변화에 대해 이야기하려고 한다. 목표는 한 가지다. 감정과 열정이 내 삶을 돕고 지탱해주는 형태로 변할 때까지 그것들과 씨름하는 것이다. 우리 삶의 적 같았던 부정적 감정들이 친구가 되는 것이다. 열정의 지배를 받지 않고 그 속

에 숨겨져 있는 힘을 내 삶의 원동력으로 활용하는 법을 알려주
는 친구 말이다.

3

남자가 감정을 대하는 법

독일에서는 남자아이들에게 "인디언은 고통을 모른다"는 말을 자주 하곤 한다. 나치 시대에는 "머리가 잘리면 그제서야 우는 법"이라고까지 했다. 우리는 오랜 세월 남자는 강해야 한다는 논리에 따라 아들을 키워왔다. 오늘날에는 더 이상 이러한 논리가 교육의 원칙으로 간주되지 않고 있음에도, 여전히 남자들은 감정을 다루는 데 있어서 서툴다. 여자가 남자를 향해 "당신은 감수성이 없어. 당신은 감정이나 사랑을 표현할 줄 몰라?"라는 식의 불만을 쏟아내는 일은 흔한 일이다. 그러한 비난에 남자는 어떻게 반응해야 할까? 감정은 감수성과 관련이

있는가? 그리고 자신이 느끼는 감정으로부터 거리를 두는 사람
은 감수성이 결핍된 사람인가? 남자가 남자답지 않다는 인상을
주지 않으면서도 자연스럽게 감정을 표현할 수 있는 방법이 있
을까?

수도사와 남자

나는 수도사이고 남자다. 수도사들 역시 자신이 성장한 사
회에 통용되는 문화의 영향을 받은 교육을 받았다. 수도사들은
감정을 다루는 법을 수련해야만 한다. 수도사들이 이 과정에서
취하는 다양한 방법은 매우 흥미롭고 오늘날 남자들에게 도움
이 될 수 있다.

물론 수도사들은 하느님과의 직접적인 만남을 추구하는
특수한 삶의 방식으로 인해 평범한 남자들이 경험하는 복잡한
스트레스 상황이나 지속적인 압박 아래에 놓여 있지 않다는 큰
장점이 있어서, 오늘날 남자들에게 적용할 수 있는 교훈을 주지
못한다고 이의를 제기하는 사람도 있을 것이다. 그러나 수도사
들 역시 공동체 속에서 그리고 다른 사람과의 관계 속에서 살아
간다. 게다가 수도원 안에서 다른 수도사들뿐 아니라 일반 직원
들과도 늘 함께해야 한다. 그래서 수도사들이 느끼는 감정 역시
다른 사람들과의 관계 속에서 만들어지는 것이다. 대부분의 수

도사들이 원래부터 조용한 성품의 사람들이라서, 부정적 감정을 다루는 데 있어서 수도사들이 훨씬 유리하다는 주장도 편견일 뿐이다. 수도사라 하더라도 감정 다루는 법을 배워야 한다. 아주 오래전부터 전해 내려오는 수도사들의 이야기들을 보면 알 수 있는 사실이다.

전투적인 방법으로 열정에 맞서다

오래전부터 전해 내려오는 수도사들의 이야기나 사막의 교부들이 남긴 명언 중 대부분은 남자에게 해당되는 것들이다. 4~5세기 하느님을 찾기 위해 사막에서 살았던 사막의 교부들은 '전사 수도사'라 불리기도 했다. 이는 그들이 스스로를 전사라 여겼고 전투, 수고, 견고함, 스스로를 복종시킴 등의 표현을 사용했기 때문이다. 오늘날의 시각에서 보면 사막의 교부들은 지나치게 강도가 높고 낯선 전투적 방법들을 동원해 자신의 열정에 맞섰다. 그들은 영적 전투를 치러야만 하는 전사였다. 그래서 종종 '그리스도를 위한 전쟁'에 나간다는 표현을 사용하기도 하였다. 그들은 열정이 아닌 그리스도가 그들의 영혼을 이끌어 가길 바라며 군인처럼 싸웠다.

이 수도사들이 자신의 감정을 이기기 위해 얼마나 애를 썼는지는 다음의 구절을 통해서도 드러난다. "암모나스 아빠스가

이르기를: 나는 사막에서 40년을 보내며 하느님께 밤낮으로 나의 분노를 이기게 해달라고 빌었다."(《암모나스》 3쪽) 그는 40년 동안 분노와 싸웠다. 그리고 그 분노를 스스로의 힘으로는 이길 수 없고 반드시 하느님의 도움이 필요하다는 사실을 알았다.

이시도로스 아빠스는 분노로부터 자유로워지는 또 다른 방법을 찾았다. "수도사가 된 이후 나는 분노가 내 혀를 타고 올라오지 못하도록 수행을 했다."(《이시도로스》 2쪽) 그는 분노를 느꼈지만 분노가 언어로 표현되지 않도록 스스로를 다잡았다. 분노를 가슴속에 붙잡아 두면서 분노가 사라지기를 기다렸다.

감정을 무시하다

물론 수도사들의 전통이 "남자는 대체로 감정을 무시한다."는 오늘날까지 이어지는 남성상과 일맥상통하는 주장도 있다.

포이멘 아빠스는 이렇게 말했다. "뱀이나 전갈을 항아리에 담아두고 오랜 시간 입구를 막아두면, 뱀이나 전갈이 죽을 것이다. 악마가 만들어낸 나쁜 생각 역시 인내를 통해 사라지게 된다."(《포이멘》 21쪽) 포이멘은 감정들을 일일이 구별하지 않았다. 그는 감정이란 감정은 모조리 항아리에 담아 봉해야 한다고 주장했다. 감정이 밖으로 새어 나오지 못하게 감정에 대해 이야기하지도 말고 관심을 갖지도 말아야 한다고 했다. 그렇게 오랜 시간 감정을 가두어 두면 감정이 죽어 없어진다는 것이었다. 이 방법도 충분히 일리가 있다. 그러나 다른 수도사들은 각각의 감정들을 자세히 살펴보면서 각 감정이 지니고 있는 의미를 파악하라고 권한다. 그래야만 그 감정들을 극복하고 변화시킬 수 있기 때문이다. 포이멘은 열정에 맞서 싸우라고 말한다. "우리가 남자답게 싸울 때, 하느님께서 긍휼을 베푸신다."(《포이멘》 94쪽)

물론 오래전 수도사들이 제안한 방법들을 모방해야 한다는 것은 아니다. 그러나 그들이 어떤 방식으로 감정을 다루었는지 한 번쯤 읽어볼 만하다. 그리고 그중에서 자신에게 맞는 방법을 찾아보는 것은 어떨까?

부정적 감정으로부터 도망치기

부정적 감정으로부터 도망치는 것이 좋은 방법인 경우도 있다. 요한네스 아빠스는 이렇게 말했다. "한 번은 광주리를 들고 스케티스 사막을 건너는 중 낙타 치는 사람을 만났다. 그는 나의 마음을 언짢게 하고 분노가 일어나게 했다. 그래서 나는 광주리를 버려두고 그 자리를 떠났다."(《요한네스》 5쪽) 그는 분노를 억누르지는 못했다. 그리고 분노를 해소할 방법도 찾지 못했다. 그래서 분노를 치밀어 오르게 하는 상황을 피하면서 분노가 자신을 지배하지 못하도록 했다. 도망쳐버리는 행위가 자유로워지는 행위이기도 하다.

'도망치는 방법' 중 바람직한 한 가지 형태가 바로 기도다. 요한네스 말이다: "나는 마치 큰 나무 아래 앉아 무서운 동물들에게 둘러싸인 사람 같다. 만일 그 동물들을 피해 다른 곳으로 도망갈 수 없다면 나무 위로 기어 올라가야 살 수 있다. 나는 작은 방에 앉아 나를 향해 다가오는 나쁜 생각들을 바라본다. 그 생각들에 대처할 수 없다면, 기도를 통해 하느님께로 도망침으로써 그 적으로부터 벗어날 수 있다."(《요한네스》 12쪽)

이성적으로 '영 분별'하기

수도사들이 감정과 열정을 다루기 위해 발전시킨 방법들은 근대에 들어서면서 로욜라의 성 이냐시오에 의해 새롭게 재해석되었다. 이것은 초대교회의 전통에 따라 '영 분별' 방법이라 부른다. 이 방법의 핵심은 다음과 같다. 이냐시오는 하느님을 향한 열린 마음을 요구한다. 그다음 하나하나의 감정이 자신을 어디로 이끄는지, 어떠한 결과를 가져올지를 정확하게 따져봐야 한다고 말한다. 이것이 이성적인 방법이다. 이냐시오는 인간은 자신의 이성과 하느님을 향한 마음을 통해 자신의 열정을 살피고 검토한 후, 더 활기차고 자유롭고 평화로우며 사랑이 넘치는 삶을 위한 선택을 하라고 말한다.

열정과 감정을 다루기 위해 고대 수도사들과 이냐시오가 택했던 방식들은 전형적으로 남성적인 방식이라 할 수 있다. 이성과 의지가 전제된 방법들이다. 이 방식을 따랐던 수도사들이나 이냐시오 모두 자신의 감정들을 인지하지만, 일정 거리를 유지하였던 것으로 보인다. 그들은 감정에 이성적으로 대처함으로써 감정을 해결하거나 강한 의지를 통해 감정으로부터 거리를 둘 수 있다고 믿었다. 수도사들의 전통에서 우리가 발견할 수 있는 겉과 속의 분리는 '거리 두기' 방식과 일맥상통한다. 그리고 이 방식은 오늘날까지 감정을 다루는 남자들의 전형적인 방법으로 자리 잡았다.

의미 있는 구분

감정을 대하는 남자들의 전형적인 방법 중 의미 있는 것으로 유지되어야 할 점은 바로 감정을 인지하고 다른 주변 상황으로부터 분리시킨다는 점이다. 감정을 대할 때 우리는 종종 주변의 다른 것들로부터 감정을 떼어내지 못해 정확하게 파악하지 못한다는 오류를 범한다. 그래서 특정 감정에 대한 원인이나 잘못이 다른 사람에게 있다고 비난을 하기도 한다. 그러나 우리가 느끼는 감정은 다른 사람이나 주변 환경과 상황에 대한 자기 자신의 반응이다. 따라서 우리 안에서부터 발생하는 감정과 바깥에서 야기된 또는 바깥으로부터 온 감정들을 구분해야 한다. 우리가 조절할 수 있는 감정은 오로지 안에서 발생한 것들이다. 바깥에서 야기된 상황에 대해서는 거리를 두어야 한다. 그것들을 잘 관찰하며, 우리 안으로 침투하지 못하게 해야 한다. 이 방법을 통해서만 나의 감정이 타인에게 어떤 영향을 주었는지 그리고 내가 왜 또는 어떻게 타인에게 감정적으로 반응하는지를 밝혀낼 수 있다. 안과 바깥을 구분하지 않으면 풀기 어려운 매듭이 생기고 만다. 여자들은 이러한 이성적인 '방식'을 종종 '전형적으로 남성적'이라며 이해할 수 없다고 비난한다. 여자들 입장에서는 거리 두기가 공감능력이 부족해 나타나는 현상으로 보이는 것이다.

4

여자가
감정을 대하는
법

상처의 원인: 우리가 갖는 기대

남자와 여자는 특히 감정적인 부분에서 서로 다른 기대와 만족 때문에 수많은 오해와 상처를 경험한다. 왜 그런 것일까? 남자와 여자 모두 나쁜 의도를 가진 것은 아닌데 말이다. 사실 상처를 줄 마음은 애초부터 없다. 문제는 상대가 나에게 어떤 기대를 갖고 있고 그 기대가 충족되지 못하면 상처를 받는다는 것이다. 스토아학파 철학자들은 "우리에게 상처를 주는 것은 인간이 아니다. 우리에게 상처를 주는 것은 우리가 다른 사람에게 걸었지만 결국 충족되지 못한 기대이다."라고 했다.

사막의 교모들이 주는 교훈

남자 수도사인 내가 여자의 감정을 어떻게 이해할 수 있는지 그리고 그들에게 어떤 조언을 해줄 수 있는지 궁금해하는 사람들이 있다. 내 대답은 간단하다. 나는 여자들을 이해하려고 애쓰지 않는다. 그저 그들이 하는 이야기를 경청하고 그들의 심정을 나의 마음과 비교할 뿐이다. 이것은 누구나 할 수 있는 일이다. 한 가지 특별한 점이 있다면 나는 사막의 교모들에 대해 공부를 했다는 것이다. 그 덕에 여자들을 조금 더 잘 이해할 수 있을지도 모르겠다. 4세기경 사막의 교부들 외에 사막으로 떠난 여성들도 있었다. 사막의 교모들이라 불리는 이 여성들은 감정을 다루는 자기만의 방법을 개발하였다. 사막의 교모들이 개발한 이 방법들이 오늘날 우리에게도 큰 도움이 될 수 있다.

감정과 몸의 관계

사막의 교모들이 남긴 말들을 살펴보면, 그들은 남자들에 비해 감정을 보다 집중적으로 다룬다는 사실을 발견하게 된다. 또한 감정과 몸의 관계를 보다 정확하게 파악하고 있다는 사실도 알 수 있다.

테오도라 암마는 "평범한 여성이나 여성 수도사에게 침묵한다는 것은 어렵고 대단한 일이다. 특히 젊은 여성인 경우는 더욱더 그렇다. 그러나 침묵하기로 결심하는 순간 사악한 마음이 생겨나며, 권태, 소심함, 복잡한 생각으로 영혼이 뒤덮인다. 육체적으로도 질병, 피로, 무기력함이 밀려오며 무릎을 비롯한 모든 관절에 이상이 오기 시작한다. 영혼과 육체의 힘이 모조리 빠지게 되는 것이다. 그렇게 몸이 아프기 시작하면 하느님을 향해 예배할 수도 없게 된다. 그러나 충분히 주의 깊게 자신을 살핀다면, 이것들은 걱정할 필요가 없다."(《테오도라》 3쪽)

테오도라는 감정뿐 아니라 감정이 몸에 미치는 영향에도 주목하였다. 그리고 몸의 컨디션이 영적 생활에 어떠한 영향을 주는지도 설명한다. 또한 감정은 전투가 아닌 세심한 주의를 통해 변할 수 있다고 말한다. 테오도라는 감정과 몸의 나약함이나 질병을 인지하고 충분히 파악한 다음, 마음과 몸이 나에게 무슨 메시지를 전하는지 살펴보아야 한다고 강조하였다. 감정과 몸의 반응에 대해 살피는 이러한 태도는 모든 것을 정확하게 이해할 수 있게 해주며, 결국 우리를 자유롭게 해준다. 현대 심리학 역시 비슷한 설명을 해주고 있다. 감정을 주의 깊게 관찰하는 것, 그리고 다른 이들의 감정적 반응에 주의를 기울이는 것은 인간관계 속에서 중요하다. 이것은 심리학적 전문 지식이 없어도 쉽게 실천할 수 있는 방법이다. 자기 자신의 감정이나 느낌을 신뢰하면 그것으로 충분하다.

자기인식: 하느님을 향하는 길

여성이 감정과 열정을 다루는 특별한 방식에 대해서 역사 속 두 명의 성녀를 통해서 좀 더 자세히 설명하고자 한다. 아빌라의 테레사(1515-1582)와 리지외의 테레사(1873-1897)의 이야기다.

아빌라의 테레사는 자서전에서 자신의 감정에 대해 매우 솔직하게 표현하였다. 그녀는 자기 자신을 매우 정확하게 관찰하고 파악했던 사람이다. 그러면서도 자책하거나 스스로를 비난하지 않았다. 오히려 자기 자신에 대해, 자신의 단점들에 대해 유머러스하게 표현하였다. 아빌라의 테레사 역시 하느님을 향하는 길은 정직한 자기인식이라고 확신했다. "자신의 영혼 속으로 들어가보지 않고, 스스로를 발견하지 않고, 자기 천성의 비참함에 대해 생각해보지 않고 천국에 들어갈 수 있다고 믿는 것만큼 터무니없는 일도 없다."(비교: Marklene Fritsch의 『나는 성녀가 되고 싶지 않다. 아빌라의 테레사 - 현대인을 위한 지침서』 30쪽) 아빌라의 테레사에게 있어 자기인식은 끊임없이 자신의 약점을 들춰내고 그 약점을 성공적으로 제거할 수 있다고 주장하는 것과는 거리가 멀다. 그녀는 감정의 변화는 우리를 조건 없이 받아주시는 하느님을 바라봄으로써 가능하다고 보았다. 감정과 열정을 관찰하되, 그 단계에 머물러 있지 말고 하느님을 향해 나아가며 그 길에 나의 모든 열정들을 가져갈 용기가 있다면 감정의 변화를 경험하게 된다는 것이다. 나의 목표는 나 자신을 넘어서는 것이기 때문에, 내가 짊어지고 다니는 부정적 감정이라는 짐 역시 변화될 수 있다. 아빌라의 테레사는 감정을 변화시키기 위해 완벽한 인간이어야 할 필요는 없다고 말한다. 엄청난 열정 때문에 숨이 막힐 지경이 되었을 때, 고요한 공간에 대한 갈망과 우리 영혼 깊은 곳에 존재하는 하느님을 향한 그리움을 느낄 수 있으면 된다는 것이다.

우정과 대화

자신의 감정을 하느님께 내맡기는 것이 너무 영성적이거나 수동적인 방법이라고 여겨지면 다음과 같은 방법을 권하고 싶다. 감정을 그냥 바라보는 것이다. 이는 솔직함을 전제로 한다. 과거의 성인들을 통해서 그것이 무엇을 의미하는지 살펴보자. 그들이 우리에게 전해주는 메시지의 핵심은, 다른 사람과의 관계가 우리의 영적 삶, 정신적 건강이 정상인지를 확인시켜주는 척도가 된다는 것이다. 아빌라의 테레사는 우정은 자신의 감정을 변화시키는 좋은 방편이라고 강조하기도 하였다. 특히 내면의 자유를 누리는 사람과의 우정이 큰 도움이 된다고 하였다. 또한 "세상에 대해 더 이상 환상을 가지고 있지 않는" 사람은

"세상을 간파한 사람이며 이러한 사람과의 대화는 우리 스스로를 통찰하는 데 도움이 되므로" 그러한 사람과의 대화는 대단히 유익하다는 것이다.(Marklene Fritsch의 『나는 성녀가 되고 싶지 않다. 아빌라의 테레사 - 현대인을 위한 지침서』 61쪽) 정말 아름다운 말이다.

우리는 대화를 통해 다른 사람에게 나의 감정을 표현하며 나의 감정에 대해 이야기를 나누고 싶어한다. 그러나 우리를 위로하거나 우리의 열정과 약점들을 달래주기만 하는 사람으로는 부족하다. 우리는 대화 상대자로 세상을 읽고 자기 자신을 통찰한 그런 사람을 원한다. 자신을 통찰한다는 것은 자신을 평가하거나 비판하는 것과는 다른 문제다. 통찰에는 유머와 유쾌함이 들어 있다. 자기 자신을 속이는 간계를 발견하는 것이 통찰이다. 이러한 통찰을 통해 우리는 자유로워지며 감정과 열정을 새로운 방식으로 다룰 수 있게 된다. 그러기 위해서는 용기와 열린 마음이 있어야 한다.

겸손: 정화시켜주는 하느님의 사랑

리지외의 테레사는 감정을 다루는 또 다른 소중한 교훈을 준다. 리지외의 테레사는 매우 예민하고 감수성이 풍부한 소녀였다. 15세에 수도원에 들어간 그녀는 종종 함께 생활하는 수녀들 때문에 마음을 다쳤다. 그녀는 늘 다른 이들로부터 상처를 받았고, 자신이 우습게 보인다고 생각했다. 그녀야말로 우울한 마음, 분노, 서운함 등의 감정이 어떤 것들인지 잘 아는 사람이었다. 그녀는 처음에는 이러한 부정적 감정들로부터 도망쳐 너그러운 사람이 되고자 노력했다. 스스로 '작은 예수'가 된 기분이었다. 그녀는 더 이상 스스로의 마음을 살피거나 다스릴 필요가 없었다. 더 이상 감정이나 열정과 씨름할 필요가 없었다. 그녀는 자신의 단점을 드러내면서 스스로를 낮추고 어린아이처럼 되기로 한 것이다. 문제는 그 어린아이는 성숙하지 않은 존재였고, 자신을 특별하게 생각하는 존재였다. 결국 리지외의 테레사는 수도원 생활을 하면서 다른 방법을 찾아야만 했다. 그리고 결국 자신의 무능함, 예민함, 외로움, 화, 두려움을 인정하고 하느님께 내맡기기로 했다. 하느님의 사랑을 발견하고 그 사랑에 힘입어 자신의 감정을 솔직하게 받아들이기 시작한 것이다. 물은 항상 가장 깊은 곳을 향해 흐르기 마련이다. 하느님의 사랑 역시 가장 아픈 감정의 골짜기로 흘러 들어간다. 그 결과 감정들이 변한다. 예민하게 반응하는 자신이 더 이상 패배자로 보이지 않고, 상처에 대한 예민한 반응과 고통을 하느님께 내맡기며 하느님의 사랑을 영혼의 가장 깊은 곳까지 스며들게 하기 때문이다. 리지외의 테레사는 이러한 과정을 통해 그 무엇도 자기 자신을 하느님으로부터 떼어낼 수 없음을 깨달았다. 하느님의 사랑이 감정과 생각을 가득 채워 변화를 일으켰던 것이다. 리지외의 테레사는 더 이상 외롭거나 고독하지 않게 되었고 다른 사람들이 자신을 비웃거나 거부한다는 느낌을 받지 않게 되었다. 그녀는 모든 감정들을 다 허용하였고, 그 결과 하느님의 사랑이 영혼의 가장 깊은 곳 그리고 모든 감정에 침투해 마음의 상태를 변화시켜주었다. 고통 중에도 사랑 받는다는 느낌을 느낄 수 있게 된 것이다. 리지외의 테레사는 이 방법으로 변화의 길목에서 가장 중요한 덕목인 겸손의 중요성을 발견하였다. 그녀는 겸손이 하느님의 사랑 앞에서 자신의 마음을 여는 용기라고 설명하였다. 그러한 용기가 있다면 자신의 약함과 부족함을 있는 그대로 드러낼 수 있게 된다. 리지외의 테레사는 감정적인 카오스, 열정, 미성숙한 욕구들을 바라볼 수 있게 되었다. 그러나 결코 그러한 자신의 모습을 자책하지 않고 모든 욕구와 열정과 감정에 하느님의 사랑이 스며들도록 하였다. 자신의 약함에 대해 자신을 비판하지 않고, 오히려 그 약점들을 드러내 보였다. 약한 모습이 드러날 때마다 닫혀 있던 영혼의 문이 열리면서 하느님의 사랑이 들어올 수 있게 되었다. "매번 새로운 약점을 발견할 때마다 나도 알지 못했던 내 영혼의 깊은 골짜기로 향하는 길이 열렸고, 그 길을 따라 하느님의 사랑이 물처럼 흘러 내려갔다."

(비교: Grégoire Jotterand의 『치료방법으로서의 신비주의. 나르시시즘적 과대성

에서 겸손으로: 리지외의 테레사의 '좁은 길'』 47쪽) 그 결과 감사, 사랑, 기쁨 가운데 감정의 변화가 일어난 것이다.

5

남자와 여자의 강점을 통합하라

감정 허용하기

남자와 여자의 감정을 다루는 방식을 살펴본 결과 감정과 열정을 허용해야 한다는 사실을 알 수 있다. 그렇다고 해서 모든 감정이 마음껏 날뛰게 내버려 두거나 감정의 지배를 받으라는 말은 아니다. 감정을 다루는 데 있어서 신중해야 하며, 자신의 약점을 솔직하게 인정하고 다른 사람에게 고백할 용기와 힘이 있어야 한다. 감정을 다룬다는 것은 결코 쉬운 일이 아니다. 그렇기 때문에 종종 전투력도 갖추어야 한다. 자신의 약점을 다른 사람에게 솔직하게 내보이기 위해 상처를 감수해야 할 수도 있다. 스스로 충분히 강할 때에만 자신의 약점을 공개하고 상처

입는 것에 대한 두려움을 극복할 수 있다.

남자와 여자: 오해와 비난

여자가 남자보다 감정을 느끼는 정도가 더 강하다. 그리고 감정에 공격적으로 맞서지 않는다. 오히려 그 감정에 뛰어들어 감정의 한복판에서 그 감정을 변화시켜보려고 한다. 바로 이러한 이유 때문에 남자는 종종 불안감을 느낀다. 여성의 감수성을 이해하지 못하고 거부하면서 여자를 향해 비이성적이고 감정에 휘둘린다고 비난하기 일쑤다. 감정을 다루는 데 서툰 남자는 자신의 감정을 직시한 여자를 비판하는 경우가 많다. 반면 여자는 남자가 이성적인 논리 뒤에 자신의 모습을 감추고 자신의 감정을 인정하는 것을 두려워한다고 생각한다.

남녀의 차이는 다양한 통계들을 통해서도 확인된다. 조사 결과 감정과 질병의 상관관계에 대해 여자가 남자보다 더 진지하게 받아들인다. 남자는 자신의 건강에 아예 관심을 갖지 않으면서 저항하거나 건강을 챙기기 위해 약에 의존하는 경우가 많다. 여자는 질병에 걸리면 그 상황에 완전히 몰입하면서 질병이 어떠한 의미가 있는지를 생각하는 경향이 있다.

남녀 차이가 드러나는 일상 속 또 다른 사례를 살펴보자. 아내가 집 안을 새로 꾸몄다. 그리고 남편에게 자신이 얼마나 애를 써서 집을 꾸몄는지 보여주고 싶은 마음에 남편의 퇴근 시간을 기다린다. 그러나 남편은 회사에서 일이 잘 안 풀려 기분이 별로 좋지 않은 상태로 귀가한다. 집에 도착한 남편은 문을 열자마자 상사에 대한 욕을 할 뿐, 아내가 집을 어떻게 바꾸어 놓았는지는 전혀 알아차리지 못한다. 결과는 뻔하다. 아내는 상처를 받는다. 남편은 그럴 의도가 없었지만 아내에게 상처를 준다. 문제는 아내가 남편의 행동과 그로 인해 발생한 자신의 감정을 구분하지 않는다는 것이다. 우리는 감정을 잘 관찰해야 한다. 그리고 외부로부터 강요된 감정인지 아니면 내 안에서부터 발생한 감정인지 구분해야 한다. 우리는 타인의 행동에 대해 반응한다. 그러나 그 반응은 순전히 내가 보인 반응, 내 자신의 감정인 것이다. 이 사실만 유념한다면, '매듭'같이 꼬여 있는 감정적 반응을 풀어낼 수 있다. 그리고 상대방에게 우리의 행동을 이해시킬 수 있게 된다. 상대방의 감정이나 행동이 어떠한 결과를 낳았는지, 우리가 왜 감정적으로 반응할 수밖에 없었는지를 설명할 수 있게 되는 것이다.

민감하게 반응하기와 거리 두기 사이의 균형

남녀 사이에서 일어나는 갈등은 주로 감정을 다루는 데 있어 나타나는 차이 때문에 발생한다. 남자와 여자 모두 민감하게 반응하기와 거리 두기 사이의 균형을 찾아야 한다. 따라서 두 가지 방법을 통합해야 한다. 서로 다른 쪽에 더 치중하는 남녀는 서로를 보완해야 한다. 즉, 상대의 강점으로 나의 약점을 극복해야 한다. 민감하게 반응하기와 거리 두기 사이에는 정해진 균형점이 없다. 따라서 나 자신에게 적합한 균형점을 찾아야 한다. 다른 사람에 대해 거리를 유지함으로써 스스로를 가둘 것인가? 아니면 내 감정들 때문에 기분을 망치지 않으면서도 상대방을 수용하기 위해 일정한 거리 두기를 해야 하는 것인가? 중요한 것은 민감한 반응과 거리 두기를 통해 상대방과 나 자신을 더 잘 이해하고 더 잘 수용할 수 있다는 점이다.

따라서 두 가지 방식을 서로 연결시켜야 한다. 심리학자 칼 융에 따르면 남자가 자신의 아니마 즉, 여성적 측면을 억누를 때 남자의 감정을 예측할 수 없게 된다는 것이다. 남성적인 모습만 보여주어야 한다고 생각하는 기업의 대표들이 종종 그런 현상을 보인다. 남성적 측면과 여성적 측면을 잘 통합하는 사람은 자유로워질 수 있다. 예를 들어 남자는 공격적인 감정을 인지할 경우 문제를 해결하고 갈등을 풀며 상황을 정리하고 싶은 충동을 느낀다. 남자는 여자들의 감정 다루는 법으로부터 배울 점이 많다.

통합: 성숙해질 수 있는 기회

감정을 다루는 과정은 성숙해질 수 있는 기회이기도 하다. 우리는 모두 온전한 사람이 되어야 한다. 다시 말해 각각의 내면에 자리 잡고 있는 남성적인 측면과 여성적인 측면을 잘 통합시켜야 한다는 말이다. 융은 인간이 자신의 내면에서 여성적인 측면인 아니마와 남성적인 측면인 아니무스를 발견하고 수용하며 통합할 때에야 비로소 온전한 인간이 될 수 있다고 하였다. 그리고 남자와 여자는 서로를 보완해주며 감정이 힘과 사랑의 원천으로 변할 수 있도록 서로를 지지해주어야 한다.

2장

더 나은 인생을
살고 싶다면,
부정적인 감정을
변화시켜라

1

시기심에
지배당하지
않기

원하든 원하지 않든, 시기심은 생기기 마련

시기심은 인간이라면 누구나 경험해본 감정이다. 우리가
원하든 원하지 않든, 우리 안에서 시기심은 일어나기 마련이다.
성서에서 소개하는 여러 일화들 역시 시기심에 대해 이야기한
다. 가장 유명한 일화는 카인과 아벨의 이야기다. 시기심은 항
상 다른 누군가를 향하는 감정이다. 우리는 자신이 갖지 못한,
그러나 꼭 갖고 싶어 하는 것을 가진 사람을 시기한다. 아니면
다른 사람들에게 더 인정받는 사람을 시기한다. 때로는 부모가
다른 형제를 더 사랑하는 것 같은 기분 때문에 친형제 간에 시
기하기도 한다. 우리는 모든 사람들의 관심을 한몸에 받고 있는

사람을 시기한다. 우리 주변에는 태어날 때부터 모든 것을 가지고 태어난 행운아들이 있다. 사생활이나 직장생활에서 늘 성공적인 사람들이 있다. 성공, 돈, 미모, 재능, 똑똑한 자녀, 완벽한 배우자 등 모든 것을 다 가진 사람들이다. 가만히 있어도 행운이 따르는 사람들이다. 반면 나는 어떤가? 모든 게 다 부족한 사람이다. 술술 풀리는 게 하나도 없는 인생이다. 공평하다고 할 수 있나? 최대한 신경 쓰지 않으려고 애를 써본다. 그런데 다 가진 사람들은 애쓰지 않아도 늘 당당하고 편안하다. 나는 직장에서 성공해보려고 발버둥을 치고 항상 경쟁 압박 속에서 스트레스를 받는다. 그런데 성공은 그들의 차지다. 계획대로 미래를 향해, 성공을 향해 질주하면서 나를 추월해간다. 가만히 앉아 있어도 모든 일이 계획대로 되는 사람들이다. 그들은 인생과 자유를 만끽한다. 그래서 나는 마음이 불편하다. 그런 사람을 보고 있으면 배가 아파온다. 이것이 바로 시기심이다.

마음을 찌르는 가시: 억압된 시기심

사실 누군가를 시기하는 것은 특별히 극단적인 반응이라고 할 수 없다.

물론 시기심에 안색이 붉으락푸르락해진다고 한다. 시기심이 건강에 좋을 리 없다는 사실을 짐작할 수 있다. 문제는 내 안에 시기심이 존재하는지 발견하는 것이 항상 쉽지 않다는 것이다. 왜냐하면 자존심이 걸린 문제이기 때문이다. 다른 사람을 시기한다는 사실을 기꺼이 인정하는 사람이 어디 있겠는가? 스스로 옹졸한 사람이라고 인정하고 싶은 사람이 어디 있겠는가? 게다가 사람들이 꺼려하는, 걸핏하면 누군가를 시기하는 그런 사람으로 취급 받고 싶은 사람이 어디 있겠는가? 어쩌면 우리는 시기심을 느끼는 우리 자신에 대해 화가 나 가능한 시기심을 억압하려고 애를 쓰는지도 모른다. 그러나 시기심을 억누르다 보면 언젠가는 시기심이 마음을 찌르는 가시가 되고 만다. 그리고 이 가시는 다른 사람과의 관계를 불편하게 만드는 원인이 된다. 시기심을 억누르다 보면 시기심이 내 안에서 꿈틀거리면서 나를 지배하려고 하며 내 시각을 흐리기도 한다. 해소되지 않은 시기심 덩어리가 마음속에서 내면의 평화를 망가뜨리고 나를 공격적으로 만든다는 사실을 어느 순간 깨닫게 된다.

시기심, 꺼리는 마음, 비교하기: 모두 연결되어 있다

시기심은 타인을 꺼리는 마음이다. 다른 사람의 성공과 인기를 용납할 수 없는 마음이다. 이러한 시기심은 비교하는 행위와도 연결되어 있다. 나를 다른 사람과 비교하여 내가 상대보다 못하다거나 상대보다 못한 대우를 받았다고 느낄 때, 상대적으로 관심을 덜 받았다는 생각이 들 때 시기심이 생긴다. 시기심은 자기 자신에 대해 만족하지 못한다는 증거이기도 하다. 감사하는 마음이 넘치고 자신의 삶에 만족하는 사람일수록 시기심을 덜 느낀다.

시기심은 시기심을 느끼는 당사자에게 해롭다. 그렇다면 시기심을 어떻게 다루어야 할까? 그리고 무엇보다도, 시기심을 어떻게 떨쳐버릴 수 있을까? 시기심도 에너지를 갖고 있는 감정이다. 그렇기 때문에 그 에너지를 찾아내고 긍정적으로 변화시켜 사용해야 한다. 예컨대 시기심을 명예심으로 변화시켜 더 많이 노력하고 더 발전하기 위한 원동력으로 삼을 수도 있다. 변화는 자신의 감정을 수용하고 그 감정을 긍정적인 에너지로 바꾸는 것을 의미한다.

시기심을 인정하고 결과를 생각해본다

시기심을 변화시키는 몇 가지 방법들이 있다. 첫 번째 방법은 나의 시기심을 허심탄회하게 인정하는 것이다. "그래 내게 결핍되어 있는 부분들이 있다. 나도 저 사람처럼 되고 싶다. 나도 저 사람처럼 사람들의 관심을 받고 싶다." 이렇게 자신의 욕구를 인정하고 하느님께 말하는 것이다. 그러기 위해서는 겸손해야 한다. "영성적 훈련과 노력에도 불구하고 나는 여전히 누군가를 시기한다. 여전히 내게 결핍된 부분들이 있다." 이렇게 고백하며 하느님의 사랑이 나의 이런 결핍된 부분을 채울 수 있게 나를 하느님에게 내맡기는 것이다. 그러면 시기심이 변할 것이다. 시기심 가운데 하느님의 사랑을 경험하게 되는 것이다. 하느님의 조건 없는 사랑을 느끼는 것이다. 그러면 시기심에 사로잡혔던 내 마음이 놓이면서 내적 평화를 되찾게 된다.

두 번째 방법은 시기하는 모든 사람을 떠올리고 다음과 같이 자문하는 것이다. 그 사람이 가진 것들을 내가 가질 수 있다면, 내가 그 사람처럼 될 수 있다면, 그 사람처럼 관심의 중심에 설 수 있다면…… 행복할까? 나를 진정으로 행복하게 만들어주는 것은 무엇인가? 우리는 우리가 가진 것 때문에 행복해지는 게 아니다. 인간은 자신의 원래 모습을 회복할 때 내적 평화를 얻고 행복해질 수 있다. 소유의 문제가 아니라 존재의 문제다. 이 방법을 통해 우리는 시기심을 분석하면서 소유의 문제에서 다시금 존재의 문제로 우리의 시각을 돌릴 수 있다.

감사할 수 있는 기회

세 번째 방법도 크게 다르지 않다. 우선 내가 모든 것을 다 가졌고 내가 원하는 모습으로 내 자신이 바뀌었다고 상상해보는 것이다. 그리고 나서 자문한다. 이 모든 것을 다 가졌으니 진정으로 행복한가? 혹시 이 모든 것을 다 가지고 나면 살아 있는 사람이 아니라 괴물이나 인위적인 존재가 되는 것은 아닐까?

시기심을 허용하고 시기심이 원하는 모든 것이 이루어졌을 때 결말을 생각해보면, 시기심은 감사함으로 변하게 된다. 지금의 내 모습과 내 삶에 대해 감사한 마음이 생긴다. 내 자신을 새로운 시각으로 바라볼 수 있게 된다. 하느님이 내게 얼마나 많은 것들을 선물해주셨는지 새삼 깨닫게 된다. 감사는 만족감을 주는 동시에 내 한계를 깨닫게 해준다. 나는 한계가 있는 존재이지만, 그럼에도 불구하고 하느님이 많은 것들을 허락해주셨다는 사실을 깨닫게 해준다.

그렇다면 위에서 기술한 세 가지 방법이 시기심을 다루는 데 실질적으로 도움이 될까? 여기에서 나의 개인적인 경험을 소개하고 싶다. 나는 현재 성공적인 인생을 살고 있다고 생각하지만, 더 성공한 사람들을 보면 여전히 내 안에 시기심이 꿈틀거리는 것을 느낄 수 있다. 물론 예전보다는 이 감정을 다루는 데 훨씬 능숙해지긴 했다. 확실한 것은 성공이 나를 시기심으로부터 자유롭게 하지는 못했다는 것이다. 성공은 시기심을 다룰 때 조금 더 편안한 태도를 가질 수 있도록 도움을 줄 뿐이다. 위에서 소개한 세 가지 방법은 내가 과거에 직접 사용해본 것들이다. 나는 책을 쓸 때 먼저 나 자신을 위한 책을 쓴다. 내 감정들을 다루고 처리하는 데 지침서가 필요해 책을 썼다. 책을 쓰는 과정에서 어떤 방법들이 내게 도움이 되는지 좀 더 명확해진다. 물론 소개한 방법들을 단 한번 시도해보고 그 효과를 단정해서는 안 된다. 시기심은 계속해서 나타날 것이다. 여기에서 중요한 사실은 시기심에 맞서 싸우거나 시기심을 억압하는 것은 의미가 없다. 시기심이 나타나면 그 감정을 하느님에게 의뢰하거나 위에서 소개한 두 번째 혹은 세 번째 방식으로 변화시켜야 한다. 그러면 시기심은 본연의 나를 되찾게 해주고 내 자신의 모습에 감사할 수 있는 계기를 제공해준다.

시기심을 변화시키기 위해서는 우선 평가를 하지 말아야 한다. 다른 사람을 시기한다고 해서 나 자신을 평가하게 되면, 시기심에서 벗어날 수 없게 된다. 내 안에 양심의 가책을 느껴 좌절감에 빠지기 때문이다. 따라서 평가하지 않고 시기심을 바라보며 자유롭게 다루는 것이 중요하다. 부정적인 생각이나 열정을 다루는 데 대가였던 고대의 수도사들 역시 그러한 방식을 취했다. 그들은 열정 속에 숨어 있는 긍정적 에너지를 뽑아내 그 에너지를 자신의 영적 수련에 활용하였다.

다른 사람이 나를 시기할 때

그렇다면 시기심으로 가득한 불편한 시선이 나를 향할 때,

나는 어떻게 해야 할까? 그럴 때는 어떻게 반응해야 할까? 다른 사람들이 더 이상 시기심을 느끼지 못하도록 스스로 웅크릴 필요는 전혀 없다. 이 방법은 문제를 푸는 데 아무런 도움이 되지 않는다. 나는 이런 상황에 대해 다음과 같은 조언을 하곤 한다. 의도적으로 관심의 중심에 서서 다른 사람들에게 시기할 수 있는 기회를 제공할 필요는 없다. 그렇다고 해서 숨을 필요도 없다. 나의 삶과 능력을 최대한 펼쳐야 한다. 시기를 받는다면 시기심을 시기하는 그 사람의 몫으로 내버려 두면 된다. 시기심을 해결하는 것은 그의 과제다. 다른 사람이 나에 대해 느끼는 시기심으로부터 자유로워지는 것이 중요하다.

만약 다른 사람이 나를 시기심 가득한 눈빛으로 바라보는 것에 그치지 않으면 어떻게 해야 하는가? 나를 향해 공격을 하면 어떻게 해야 할까? 성서에서 소개하는 카인과 아벨의 이야기가 바로 이 문제를 다루고 있다. 카인과 아벨의 이야기는 우리에게 이 질문에 대한 답변을 제공한다. 그저 수동적으로 반응하는 사람은 아벨처럼 된다. 카인에게 살해당하고 만다. 카인은 농부였고 아벨은 양치기였다. 카인은 하느님이 자신의 제물보다 아벨의 제물에 더 기뻐하신다는 느낌을 받았다. 그래서 시기심이 차오르기 시작했다. 성서를 살펴보면 카인이 자신의 시기심을 표출하고 있음을 확인할 수 있다. "카인과 그의 제물은 굽어보지 않으셨다. 그래서 카인은 몹시 화를 내며 얼굴을 떨어뜨렸다."(창세기 4장 5절) 하느님은 카인에게 질문을 던지면서 대화를 시작하신다. "주님께서 카인에게 말씀하셨다. 너는 어찌하여 화를 내고, 어찌하여 얼굴을 떨어뜨리느냐? 네가 옳게 행동하면 얼굴을 들 수 있지 않느냐? 그러나 네가 옳게 행동하지 않으면, 죄악이 문 앞에 도사리고 앉아 너를 노리게 될 터인데, 너는 그 죄악을 잘 다스려야 하지 않겠느냐?"(창세기 4장 6-7절) 시기심은 사람의 얼굴을 어둡게 만든다. 그리고 고개를 들지 못하게 한다. 고개를 들면 하느님에게 진실을 말해야 하기 때문이다. 하느님은 시기심이 카인을 노리는 죄악이라고 표현하셨다. 카인은 죄악을 다스려야 했었다. 죄악과 씨름해 결국에는 그 죄악을 에너지로 변화시켜야 했었다. 그러나 카인은 살인까지 저질렀고 행복해지지 않았다. 그는 쉼 없이 세상을 떠도는 자가 되었다.

이 이야기는 또 다른 교훈을 주고 있다. 아벨은 카인의 시기심으로부터 자신을 보호하지 않아 결국 죽게 된다. 우리는 우리 스스로를 보호해야 한다. 문제는 어떻게 보호하느냐다. 우선은 다른 사람이 나를 시기할 때 침착해야 한다. 상대를 자극하지 않고, 아무런 반응 없이 평정을 유지해야 한다. 이러한 태도는 나와 나를 시기하는 사람 사이에서 방패 역할을 해준다.

특별한 상황: 형제간의 시기

카인과 아벨의 이야기는 또 하나의 특별한 측면을 말해주고 있다. 바로 형제간에 일어난 사건이라는 점이다. 사실 형제 사이에서는 나를 향한 상대의 시기심에 대처하기가 매우 어렵다. 많은 경우 부모가 시기심의 원인을 제공한다. 자녀를 공정하게 대하지 않고 한 아이를 차별하면 시기심이 일어난다. 따라서 부모는 자녀 중 누구라도 편애하거나 차별하지 않도록 노력해야 한다.

형제간 시기심의 또 다른 사례로 예수님이 들려주신 잃어버린 아들의 비유를 들 수 있다. 두 아들을 둔 아버지가 있었다. 둘째 아들은 자신이 상속받을 유산을 미리 챙겨 세상으로 떠나 흥청망청 돈을 다 탕진하고 돼지우리에서 굶주리며 살게 되었다. 둘째 아들은 결국 집으로 돌아왔고 아버지는 잃어버린 아들을 되찾은 기쁨에 큰 잔치를 베풀었다. 그러자 아버지 집에 살면서 성실하게 일했던 큰아들이 화가 났다. 동생을 시기하게 된 것이다. 자기 멋대로 살았던 동생이 거지꼴로 돌아왔는데, 비난은커녕 환대를 받는 것을 용납할 수 없었던 것이다. 첫째 아들은 화가 나 아버지에게 자신이 평생 아버지를 위해 일했는데,

아버지가 자신을 위해 잔치를 베풀어주고 소를 잡아준 적이 단한 번도 없다고 따졌다. 그는 동생을 깎아내리며 동생에게 거리를 두는 모습을 보였다. 동생과 관계를 맺고 싶지 않았던 것이다. "그런데 창녀들과 어울려 아버지의 가산을 들어먹은 저 아들이 오니까, 살진 송아지를 잡아주시는군요."(루카복음 15장 30절) 그런 큰아들에게 아버지가 다정하게 말했다. "얘야, 너는 늘 나와 함께 있고 내 것이 다 네 것이다."(루카복음 15장 31절) 그러나 아버지의 사랑이 아들의 시기심을 누그러뜨리지는 못했다. 예수님은 아들의 시기심을 아버지가 변화시킬 수 있었는지에 대해서는 아무런 언급을 하지 않는다. 이 비유는 전형적인 형제간의 시기심에 관한 이야기로 이러한 사례는 오늘날에도 흔히 찾아볼 수 있다. 형제 중 한 명이 다른 형제가 더 많이 사랑 받는다고 생각할 수 있다. 아버지에게 자신의 바름이나 성실함을 이용해 더 사랑 받으려는 시도는 허사가 되고, 오히려 가장 속을 썩였던 아들이 마지막에 더 사랑을 받는 것이다. 첫째 아들은 동생이 얼마나 고생을 했을지 전혀 생각해보려고 하지 않는다. 둘째 아들은 돼지우리에서 지냈다. 유대인들에게는 최악의 상황, 절대로 일어나서는 안 될 가장 비참한 상황이다.

시기심은 이기적으로 자기 자신의 주위만을 맴돈다. 시기심은 다른 사람의 상황에 자신을 대입해보고 공감하는 것을 막는다. 동시에 시기심에 사로잡힌 사람은 다른 사람이 소유한 것만 볼 뿐 막상 자기 자신을 보지 못한다. 따라서 이러한 사람들이야말로 따뜻한 관심이 필요하다. 자녀를 키우는 부모는 형제간에 시기심이 일어날 경우 이를 진지하게 받아들여야 한다. 이는 시기심을 느끼는 쪽에 대한 사랑이 부족하다는 사실을 알려주는 신호이므로, 자녀들이 차별 받는다는 생각이 들지 않게 자녀들을 대할 때 주의해야 한다. 시기심을 느끼는 사람은 자기자아에 대한 고정된 태도로부터 벗어나기 위해서 하느님의 보살핌을 필요로 한다. 이를 위해 다음의 명상법을 권한다.

명
상
법

　　하느님 앞에 선다고 생각하고 두 손을 모아 사발 모양을 만든다. 그 사발 안에 시기심을 담아 하느님에게 맡겨드리는 것이다. 그리고 내가 시기하는 사람들이 가진 모든 것들을 이 사발에 담아주시기를 비는 것이다. 사실 내가 바라는 모든 것들을 하느님이 다 주신다고 해도 두 손으로 만든 사발에 다 담을 수 없다는 문제가 생긴다. 이번에는 내가 하느님에게 이미 받은 것들, 나에게 주신 능력들을 생각해본다. 하느님은 우리에게 힘과 상냥함, 창의력과 섬세함을 선물하셨다. 내 손이 지금까지 해낸 것들을 떠올려본다. 두 손을 주심에 감사해보자. 다른 사람의 손과 비교할 수 없는, 세상에 하나뿐인 나만의 손이다. 손을 주심에 감사하며 내 손을 통해 행하신 모든 일들에 대해 감사하자. 그리고 하느님이 두 손 안에 허락하신 온갖 선물들을 생각해보자.

분노와 화 속에
존재하는
긍정적인 힘

분노: 뭔가 잘못되었다는 증거

"정말 화가 치밀어 오른다!" 누구나 느껴본 감정이다. 회사에서 일이 잘 풀리지 않고 상사가 승진에 문제가 생길까 싶어 모든 책임을 나에게 떠넘길 때 분노가 끓어오른다. 휴가를 받아 오랜만에 휴식을 취하면서 가족들과 좋은 시간을 보내려고 하는데, 갑자기 사무실에서 전화가 와서 기분을 망쳤던 순간을 떠올려보자. 화가 치밀어 오르는 상황은 개인의 사적 영역에만 존재하는 것은 아니다. '분노하는 시민'이란 말이 '올해의 단어'로 선정된 적이 있을 정도다. 국가나 어떤 기관의 결정에 동의할 수 없고 변화를 원할 때, 실망과 거부감을 격앙된 목소리로 공개적으로 표출하는 사람들이 있다. 그들은 거리로 나가거나 인터넷상에서 모인다. 정치인이나 공직에 있는 사람들은 분노가 무조건적 증오와 무차별적 공격으로 바뀌면서 사회를 위협한다고 이야기하곤 한다. 이에 대해서도 다양한 반응과 의견이 존재한다. 분노를 처리하는 방식에는 여러 가지가 있다. 증폭되고 통제력을 상실한 분노를 거칠게 표출하는 사람들이 있다. 반면 분노를 속으로 삭이며 스스로를 힘들게 하는 사람들도 있다.

예수님의 분노: 성서는 어떻게 설명하는가

세상에는 정당한 분노도 존재한다. 분노는 뭔가 잘못되었다는 증거이기도 하다. 온화함은 기독교의 중요한 덕목이다. 이것은 틀림없는 사실이다. 하지만 온화함이 항상 적합한 반응인 것은 아니다. 분노와 화가 인간의 본성이라는 사실은 성서를 통해서도 확인할 수 있다. 예를 들어 시편은 분노와 화에 대해 자주 언급한다. 시편의 기자는 종종 적에게 쫓기거나 악한 자에게 속아 분노에 차 있고, 이 감정을 하느님 앞에서 드러내는 것을 꺼리지 않는다.

예수님도 분노하신 적이 있다. 예수님은 성전에서 장사를 하고 있던 상인들을 쫓아내시면서 거룩한 하느님의 전을 장사하는 집으로 만들었다고 꾸짖으셨다. 분노는 예수님 한 사람이 수많은 상인들을 성전에서 몰아낼 수 있는 힘을 제공했다. 한번은 예수님이 손이 오그라든 한 사내의 손을 고쳐주려 하셨다. 그러자 바리새인들이 예수님이 안식일에 사람을 고쳐줄지 지켜보았다. 당시 안식일에 일을 하는 것은 금지되어 있었다. 예수님은 바리새인들을 한 명 한 명 "노기를 띠시고 …… 둘러보셨다."(마르코복음 3장 5절) 이때 분노는 예수님을 바리새인들의 압박으로부터 자유롭게 해주었다. 예수님은 바리새인들의 따가운 눈초리에 얽매이지 않고 자신이 옳다고 여긴 일을 할 수 있었던 것이다. 예수님은 바리새인들을 향해 소리치지 않았다. 예수님이 느낀 분노는 오히려 바리새인들과 거리를 두는 형태로 나타났다. 분노는 예수님이 가장 예수님답게 행동할 수 있게 해주었다. 예수님은 분노를 슬픔과 연결시키기도 한다. 예수님은 바리새인들을 향해 분노하면서 동시에 바리새인들의 심정에 공감하고 바리새인들에게 손을 내밀었다. 예수님은 바리새인들과 거리를 두었는데, 그 이유는 바로 다른 차원에서 바리새인들과 새로운 관계를 형성하기 위함이었다. 그러나 바리새인들은 예수님의 이 제안을 거절하고 예수님을 죽이기로 결정하였다.(참고: 마르코복음 3장 6절)

예수님의 분노를 자세히 살펴보면, 그 분노가 두 가지 종류의 것이었다는 사실을 발견하게 된다. 예수님의 분노는 한편으로는 이성을 이끌어 냈고, 다른 한편으로는 정의를 이끌어 냈다. 반면 바리새인들의 분노는 파괴적인 공격성으로 표출되었다. 그들은 분노를 느끼고 예수님을 죽이려 했다. 분노가 나타나는 순간 그 분노를 제대로 감당하지 못하게 되면 분노는 파괴적으로 변한다. 분노를 감당할 수 없는 상태에서 분노가 폭발하게 되면 우리는 이성을 잃게 된다. 분노가 우리를 지배하게 된다. 그렇다면 분노가 나타나는 그 순간에 나를 화나게 한 상대를 어떻게 대해야 할지 생각해보아야 한다.

가장 중요한 것은 우리가 우리 스스로를 항상 완벽하게 통제할 수 있는 존재가 아님을 인정하는 것이다. 그다음 내면에서 분노가 끓어올랐던 경험을 떠올리며 그 순간을 찬찬히 분석해볼 필요가 있다. 도대체 무슨 일이 있었던 것인가? 분노가 폭발하기 전 내 기분은 어땠나? 내가 공격적으로 변한 원인은 무엇인가? 어떤 일이 일어났는지 구체적으로 이해하고 나면, 같은 이유로 화가 나려고 할 때 나를 조절할 수 있게 된다. 게다가 예민하게 반응할 수밖에 없는 상황이나 계기가 발생하지 않도록 미리 준비하고 대비할 수 있게 된다.

도움이 되는 상상

이때 다음과 같은 상상이 도움이 된다. 만약 내 감정을 완전히 통제할 수 있었다면, 마음의 평정심을 유지할 수 있었다면 똑같은 상황에서 어떻게 대처했을까? 개인적으로 이러한 상상이 덜 감정적으로 대응하는 데 도움이 되었다. 예를 들어 동료가 신경질적으로 방문을 두드릴 때도 최대한 여유로운 마음으로 방문을 열고 동료를 맞이할 수 있었다.

물론, 자기 안에서부터 일어나는 분노의 지배를 받아 자신을 찬찬히 돌아볼 수 없는 지경에 처하는 경우도 있다. 이러한 상황에서는 어떻게 해야 할까?

이러한 경우에도 화를 무조건 억눌러서는 안 된다. 그렇다고 해서 분노와 화를 마음껏 분출할 수 있게 내버려 두어서도 안 된다. 다른 사람에게 피해를 주기 때문이다. 이러한 상황에서도 분노 속에 존재하는 커다란 에너지를 발견하고 그 에너지를 긍정적인 힘으로 변화시켜야 한다. 그 에너지는 우리 삶의 원동력이 된다. 우리는 분노를 향해 질문을 던짐으로써 그 에너지를 찾아낼 수 있다.

첫 번째 질문은 다음과 같다. 내가 느끼는 이 분노가 정당한 것인가? 이 분노가 내 삶을 방해하는 그 무엇인가에 대한 저항의 표현인가? 그것이 아니라면 두 번째 질문을 던져보자. 어린 시절 충족되지 못한 어떤 욕구 때문에 상처 받은 내 자아의 울부짖음일까? 만약 나를 뒤흔드는 감정이 첫 번째 경우에 해당하는 분노라면, 그 분노를 내 삶을 더 발전시킬 수 있는 원동력으로 바꾸어야 한다. 두 번째 경우에 해당하는 분노라면, 내 안에 남아 있는 유아적 욕구로부터 이별을 고해야 한다.

한 젊은 여성 경찰관이 음주 단속을 하다 보면 자신의 할머니나 할아버지 정도되는 연세의 어른들이 화를 내며 욕을 하는 경우가 종종 있다고 이야기해준 적이 있다. 그들이 화를 내는 이유는 자신들을 건드렸기 때문이라는 것이다. 경찰관이 음주 단속을 하는 것은 시민들을 괴롭히기 위함이 아니라, 그들의 생명을 보호하기 위함이라는 사실을 전혀 인식하지 못하는 '분노하는 시민'들이 존재한다. 그들은 다른 무엇보다 자신들의 유아적 욕구를 중요하게 여기는 사람들이다.

나는 그 여성 경찰관에게 그런 경우 어떻게 대응하느냐고 물었다. 그녀는 그러한 사람들을 마주하게 되면 화가 난다고 답했다. 그녀가 느끼는 화는 자기를 향해 욕을 하는 사람들로부터 상처 받지 않기 위해 반드시 필요한 감정이다. 그런 상황에서 화는 다른 사람들의 공격으로부터 나를 보호해주는 방패가 되어준다. 이처럼 분노를 다른 용도가 아닌, 나를 보호하기 위한 에너지로 바꾸어 활용한다면 그 분노는 나에게 유익한 감정이 된다.

분노를 순수한 에너지로 바꾸는 것이 핵심이다. 이 에너지는 다른 사람을 향해 발산되는 에너지가 아니다. 다른 사람을 공격하기 위한 도구도 아니다. 이 에너지는 나를 보호하기 위해 사용되는 것이다. 분노가 다른 사람들의 공격으로부터 나 자신을 보호해줄 때 나는 분노라는 보호막 속에 존재하는 고요한 공간, 내가 느낀 분노나 다른 사람들의 공격이 전혀 미치지 못하는 평온한 나의 내면 속으로 들어가면 된다. 물론 누구나 다 할 수 있는 일은 아니다.

피해 의식에서 벗어나기 - 분노는 나를 보호해주는 에너지

어떤 사람들은 외부 세계와 자신을 차단해버리고 스스로를 피해자로 정의하며 피해 의식에 사로잡혀 있다. 그들은 아무것도 하지 않는다. 그저 불평하고 한탄만 할 뿐이다. 불평의 수렁에 빠져서 헤어나질 못한다. 그들은 적극적으로 대응하고 스스로를 방어하기보다 아무것도 할 수 없는 그런 상태로 자신을 방치해둔다. 그들은 피해 의식에 사로잡혀 자신이 괴롭고 아픈 이유가 전적으로 다른 사람들 때문이라고 말한다.

실제로 우리는 다른 사람들이 안겨준 상처와 고통의 희생양이 되는 경우가 있다. 자신이 피해자가 되었다는 사실을 인정하고 현실적으로 상황을 파악해야 하는 것은 맞다. 그러나 계속해서 피해자 의식에서 빠져 나오지 못하고 피해자로 머물러 있으면 안 된다. 이때 피해자 의식에서 벗어나는 좋은 방법은 바로 분노를 활용하는 것이다. 분노를 명예심이나 자존심으로 변화시켜 내 삶의 주도권을 내 스스로 잡는 것이다.

분노에 대한 질문을 던지다 보면 분노 뒤에 숨어 있는 분노의 동기를 발견하게 된다. 자세히 살펴보면 분노가 열등감이나 내적 불안감의 표현인 경우가 많다. 불평의 수렁 속에 빠져 허우적거릴 것이 아니라, 분노를 긍정적 에너지로 바꾸어 내면의 힘을 강화시켜서 내가 가야 할 길을 갈 수 있게 해야 한다. 분노는 다른 사람들이 내 삶을 망가뜨리지 못하게 나를 방어해준다. 나를 아프게 하는 사람들을 내 마음으로부터 쫓아내는 것이다. 그들은 내 마음속 집에 들어올 수 없게 접근금지를 당하는 것이다. 그리고 그 마음속 집에 있는 나는 더 이상 그들을 생각하지 않는다. 이런 식으로 분노는 내 내면을 지키는 힘으로 바뀌는 것이다. 바로 내 삶을 가로막고 내 삶에 방해가 되는 것들로부터 내 삶을 지켜주는 에너지로 바뀌는 것이다. 분노가 이렇게 변하면 적어도 분노 때문에 스스로를 통제할 수 없는 지경에는 이르지 않게 된다. 분노가 냉정한 공격성으로 바뀌는 것이다. 이는 내 삶에 보탬이 되는 것과 내 삶을 가로막는 것을 구분할 수 있도록 상황을 냉철하게 파악할 수 있는 힘이 되는 것이다.

분노의 원인을 제대로 파악하지 못하는 사람은 "어쩔 수 없다"는 핑계만 되풀이할 뿐이다. 이런 핑계는 약점이 된다. 여기에서도 수용한 만큼만 변할 수 있다는 원칙이 적용된다. 내 안에 일어난 분노와 분노의 원인을 인정해야만 그 분노를 긍정적인 에너지로 변화시킬 수 있다. 그리고 그 에너지는 불평을 멈추고 문제를 해결하는데 적극적으로 나서게 해줄 것이다.

기도: 시편을 통해 배우다

물론 나도 화를 긍정적인 에너지로 변화시키는 데 항상 성공하는 건 아니다. 그래서 나는 시편의 도움을 받는다. 시편은 분노와 화를 신뢰와 환희로 변화시키는 구체적인 방법을 제시한다. 시편 기자들은 자신을 공격하는 원수에 대한 분노를 표출한다. 그러나 그 분노를 원수들이 아닌, 하느님을 향해 표출한다. 그리고 악인들에 대한 처리를 하느님에게 맡긴다. 원수들을 향해 직접 분노를 표출하는 대신, 하느님이 공의(선악의 제재를 공평하게 하는 하느님의 적극적인 품성-옮긴이)로 자신의 억울함을 풀어줄 것이라 믿는 것이다. 시편 기자들은 다음과 같은 방식으로 생생하게 표현한다. "내 생명을 노리는 자들은 수치를 당하여 부끄러워하리라. …… 그들의 길은 어둡고 미끄러우며 주님의 천사가 그들을 뒤쫓으리라."(시편 35편 4절, 6절) 그리고 난 다음 하느님이 베푸실 긍휼을 생각하며 하느님을 찬양한다. "제 의로움을 좋아하는 이들은 환호하고 즐거워하며 언제나 말하게 하소서. 당신 종의 평화를 좋아하시는 주님께서는 위대하시다!"(시편 35편 27절) 시편을 통해 우리가 배울 수 있는 것은 기도 자체가 분노와 화 같은 감정들을 하느님에게 표현하는 방식이라는 점이다. 내 안에 가득한 이 분노를 표현하는 것만으로도 분노를 변화시킬 수 있다. 더 나아가 하느님을 향해 시선을 돌림으로써 분노는 변화된다. 하느님을 나 대신 원수를 갚아줄 대상으로 이용해서는 안 된다. 기도를 통해 하느님에게 분노를 표현하는 이유는 하느님에게 모든 판단을 맡기기 위함이다. 그리고 하느님에게 나를 홀로 내버려 두지 말고 나를 도와달라고 요청하기 위함이다. 이러한 기도를 통해 분노는 신뢰와 환희로 변하게 되는 것이다. 그 환희는 분노가 가지고 있던 에너지로 가득 채워진, 힘 있는 환희가 된다.

명상법

시편에서 제시하는 방법을 그대로 따라 해보자. 이렇게 상상하면 된다. 하느님 앞에 서서 나에게 상처를 준 사람에 대한 비난을 쏟아내는 것이다. 10분 동안 나에게 상처를 준 사람에 대해 생각나는 대로 욕을 하는 것이다. 하느님 앞이지만 나를 분노에 차게 한 사람에 대해 마음껏 분노하며 가감 없는 거친 언어로 화를 표현하는 것이다. 막상 화를 표현해보면 그게 그렇게 쉽게 되지 않는다는 것을 느낄 수 있다. 어떤 욕이든 다 허용된다고 해도 막상 입 밖으로 내뱉기 어려운 표현들도 있다. 하느님 앞에서 하기 어려운 욕도 있다. 그래도 분노를 언어로 표현하고 나면, 어느 정도 시간이 지난 후 분노와 화가 아닌 정반대의 감정을 느끼게 된다. 분노는 사랑으로 변하기 시작한다. 그리고 어쩌면 내가 욕을 했던 상대에 대해 갑자기 다정한 마음이 생길 수도 있게 된다.

3

짜증이
나에게 말하고자
하는 것

불편한 경험과 불편한 결과

"짜증 내지 마!" 말은 쉽다. 그리고 짜증을 내는 방식도 사람마다 다르다. 어떤 사람들은 짜증이 나면 자취를 감추거나 짜증을 속으로 삭인다. 또 어떤 사람들은 날카로워지기도 한다. 또는 '폭발'해버리기도 한다. 짜증이 나는 이유는 매우 다양한데, 아주 우연한 계기 그리고 많은 경우 아주 사소한 일이 짜증을 불러일으키곤 한다. 예를 들어 회사에서 회의를 하는데 한 직장 동료가 아는 척을 해대며 사장님 눈에 띄어 보려고 애를 쓴다. 누가 봐도 연기를 하고 있다. 아니면 친구가 약속 시간에 늦는다. 나랑 만날 때면 늘 늦게 오는 친구다. 그 밖에도 대중교

통 때문에 짜증이 나는 경우도 많다. 차가 제시간에 오질 않으면, 단 몇 분 차이라도 짜증이 난다. 또 별로 중요한 일도 아닌데 휴대폰을 들고 큰 소리로 통화를 하면서 다른 사람들의 신경을 건드리는 사람들도 종종 있다. 그리고 조용히 점심 식사를 하려는데 옆집에서 시끄럽게 잔디를 깎는 경우도 짜증이 난다. 조용히 앉아 생각할 게 있었는데 시끄러워서 짜증이 나는 것이다. 그 밖에도 살을 빼려고 마음먹었는데, 약한 의지 때문에 또다시 냉장고문을 열고 있는 내 모습에 짜증이 난다. 그냥 짜증이 나는 것이다! 어떤 사람들은 위가 아프거나 속이 거북하면 그것 역시 무조건 마음이 불편하고 짜증 나는 일 때문이라고 한다.

짜증은 불편한 상황 때문에 일어난다. 그리고 불편한 상황의 원인이 되기도 한다. 짜증을 변화시키지 못하면 다른 방식으로 표출되기 때문이다. 짜증은 종종 소화가 잘 안되고 속이 불편해지는 현상으로 나타나기도 하고, 불평과 욕으로 표출되기도 한다. 사람들은 짜증이 나면 "기가 차서 더 이상 참을 수가 없다!"고도 한다. 인내심의 한계에 도달했다는 것이다. 모두가 경험해본 상황이다. 그리고 각자 자신이 왜 짜증이 나는지도 안다. 문제는 그러한 상황에서 짜증을 어떻게 다루느냐이다. 짜증을 예방할 방법은 없는 것일까? 예방할 수 없다면 적어도 짜증으로부터 벗어날 수 있는 방법은 없는가? 여기에서도 핵심은 짜증의 늪에 빠져 그 안에서 허우적거려서는 안 된다는 점이다. 대부분의 경우 짜증을 유발하는 원인들은 외부에 존재한다. 그렇기 때문에 내가 느끼는 짜증이라는 감정을 외부의 여러 상황으로부터 분리해, 보다 자세하게 살펴볼 필요가 있다. 그래야만 변화가 가능하다.

짜증을 인정하고, 짜증과 대화하기

첫 번째 단계에서는 짜증을 인정하고 바라보아야 한다. 이때 짜증을 평가하면 안 된다. 원했든 원하지 않았든 짜증이 난 상태를 인정하는 것이다. 짜증이 나 있는 상태를 고백하고 인정하기 위해서는 겸허한 자세가 요구된다.

두 번째 단계에서는 내 안에 자리 잡고 있는 짜증과 대화를 해야 한다. 그리고 이 과정에서 짜증을 유발시킨 외부적 요인과 그로 인해 내 안에서 일어난 반응을 구분해야 한다. 나는 왜 어떠한 상황이나 사람에 대해 짜증을 내는 반응을 보이게 되었는가? 질문을 던져보는 것이다. 수많은 감정 중에서 왜 짜증을 느끼는 것일까? 짜증이 난 진짜 이유는 무엇일까? 단순히 상대방이 약속 시간에 늦어서일까? 아니면 그 이전에 다른 일이 뜻대로 되지 않아 짜증이 나 있었던 것은 아닐까? 혹 다른 이유 때문에 짜증이 난 상태에서 상대방이 약속 시간에 늦자, 필요

이상으로 짜증이 난 것은 아닐까? 그렇지 않으면 짜증이 내 마음속 상태를 점검해보라는 신호는 아닐까? 내 마음은 어떤 상태인가? 나 자신에 대해 충분히 만족하고 있는가? 짜증과 이런 대화를 나눈다는 것은 내가 느끼고 있는 감정에 대해 거리를 두고 있다는 증거다. 물론 짜증이 난 채로 자기 자신과의 대화를 이어나가는 사람도 있다. 그것은 내가 제안하고자 하는 대화가 아니다. 그것은 짜증에 이끌려 가는 대화다. 대화를 통해 짜증이 더욱 증폭될 뿐이다. 나를 짜증 나게 한 상대에게 공격적으로 나의 짜증을 표출하고 싶은 마음이 생기게 된다. 내 감정은 완전히 짜증의 지배를 받으며 휘둘리는 상태가 된다. 결국 짜증으로 상대는 나를 지배하게 되는 것이다. 이런 상황에서 나는 더욱 상대에게 집착하게 된다.

짜증이 내게 말하려는 것

세 번째 단계에서는 짜증이 내게 어떠한 이야기를 들려주고 있는지 귀 기울여야 한다. 소설가 헤르만 헤세는 이렇게 말했다. "우리 안에 존재하지 않는 것은, 우리를 자극할 수 없다." 혹시 나를 짜증 나게 한 사람이 나 스스로 인정할 수 없는 내 모습을 떠오르게 하는 것은 아닐까? 예를 들어 누군가가 계속해서 모임의 중심이 되려고 해서 그 사람 때문에 짜증이 난다면,

혹시 내가 그 모임의 구심점이 되고 싶은 욕구가 있는 것은 아닌지 생각해볼 필요가 있다. 어쩌면 중심이 되고 싶은 욕구를 억누르면서 오히려 그 반대로 행동하고 있는지도 모른다. 모임을 주도하기보다 소극적이고 조용한 일원으로 행세하지만, 마음 깊은 곳에는 돋보이고 모임의 구심점 역할이 하고 싶은지도 모른다. 이처럼 짜증은 자기 성찰의 계기가 될 수 있다. 나를 짜증 나게 하는 사람이 내 진짜 모습을 발견하게 해주는 거울이 되는 것이다.

짜증, 어떻게 대응해야 하는가

네 번째 단계에서는 짜증에 대응하는 적합한 방법을 찾아야 한다. 짜증은 변화를 일으킬 수 있는 힘이나 자극이 된다. 이 자극을 다양한 방식으로 활용해야 한다. 예를 들어 회사에서 문제가 생겨 짜증이 났다면 짜증으로 인해 야기되는 에너지를 활용해 상황을 바꿀 수 있다. 직장 동료들을 모아 나를 짜증 나게 한 문제에 대해 논의를 하는 것이다. 그리고 상황을 개선할 수 있는 방법을 함께 강구할 수 있다. 동일한 문제가 계속해서 일어나지 않게 하는 방법을 찾아내는 것이다.

만약 어떤 상황 때문이 아니라, 특정 누군가로 인해 짜증이 났다면 두 가지 방식으로 대응할 수 있다. 일단 상대에게 나의 불만을 이야기하는 것이다. 나를 짜증 나게 하는 상대의 태도에 대해 솔직하게 이야기를 하는 것이다. 그러면서 상대로 하여금 그 태도에 대해 해명할 기회를 주는 것이다. 어떤 경우에는 상대의 해명을 들으면서 짜증이 사라지기도 한다. 상대가 왜 그런 식으로 행동했는지 이해할 수 있게 되기 때문이다. 또 다른 대응 방식은 내 짜증으로 인해 상대에게 스스로 변해야 한다는 숙제를 안겨주는 것이다. 그러나 상대가 변할 수 없다거나 변할 의지가 없다면, 내 짜증은 내 마음에서 짜증을 유발한 상대를 쫓아내야 하는 나의 숙제가 되는 것이다. 짜증은 나를 짜증 나게 한 사람이 나에 대해 지나치게 큰 영향력을 행사함을 의미하기도 한다. 짜증은 상대로부터 일정한 거리를 유지하고, 나에 대한 상대의 영향력을 제한하게 해주는 계기가 된다. 그렇게 되면 짜증이 나 자신을 보호하고, 상대를 내 마음속에 머무르지 못하게 하는 방패막이 된다. 나를 짜증 나게 하는 사람을 내 마음속에 두는 것이 결코 나에게 유익하지 않기 때문이다.

짜증 나는 것은 어쩔 도리 없지만, 어떻게 대응할지는 스스로 결정할 수 있다

만약 반복적으로 짜증이 난다면 어떻게 해야 할까? 원래 짜증을 잘 내는 성향의 사람이라면 어떻게 해야 할까? 타고난 사람의 성향을 바꾸는 것은 불가능하다. 그렇다고 해서 타고난 성향이나 성질에 지배당하며 살 수는 없다. 어떤 자극이나 감정에 대한 대응이나 반응은 충분히 통제할 수 있다. 갑작스럽게 일어나는 짜증을 원천 봉쇄하는 것은 거의 불가능하다. 짜증 나는 것을 방지하기도 전에 짜증이 나버리기 때문이다. 짜증은 순식간에 마음을 장악해버린다. 짜증이 나는 것을 어떻게 할 수는 없다. 하지만 짜증에 어떻게 대응할지는 스스로 결정할 수 있다. 따라서 짜증이 났다면 다른 사람이 나에게 미치는 영향력으로부터 나 자신을 해방시키는 에너지로서 짜증을 활용해야 한다. 나를 짜증 나게 하는 사람에게 내 마음속 집에 접근금지 명령을 내리는 것이 도움이 될 때가 있다. 만약 퇴근 후에도 직장 동료 때문에 짜증이 난다면 이렇게 생각하면 된다. 그 동료가 저녁 시간을 다 망칠 만큼 중요한 사람은 아니니까 집에서는 그를 잊자. 나를 짜증 나게 하는 직장 동료는 우리 집에 접근할 수 없다는 규칙을 세워보자. 집에 들어서는 순간 그에 대해 생각하지 않는 것이다. 내 마음속 집에도, 그리고 퇴근 후 내가 돌아가는 우리 집에도 그에게 내어줄 자리는 없는 것이다.

짜증을 건강한 공격성으로 변화시키는 방법
짜증은 공격적인 감정이다. 공격성은 성적 에너지와 함께 인간의 삶을 움직이는 중요한 에너지원이다. 공격성이 없다면 우울해진다. 그렇기 때문에 짜증을 건강한 공격성으로 변화시키는 것이 중요하다.

짜증을 무언가를 변화시키기 위한 자극이나 다른 사람과 대화를 나눌 수 있는 계기로 삼는다면, 짜증은 에너지로 바뀔 수 있다. 짜증은 적극적으로 내 삶을 개선시키는 데 필요한 에너지를 생성시켜준다. '공격성'이라는 단어는 '아그레디'라는 라틴어로부터 유래하였다. 접근하다, 공격하다는 뜻이다. 만약 짜증이 나를 집어삼키도록 내버려 두면, 짜증으로 인해 나는 무력해지고 에너지를 상실하게 된다. 그러나 짜증에 적절하게 대응한다면, 짜증은 내 삶의 중요한 에너지원으로 작용하게 된다.

그렇다면 부정적인 공격성과 긍정적인 공격성을 어떻게 구분한단 말인가? 어떻게 하면 공격성이 폭력적으로 변하는 것을 방지할 수 있는가? 공격성을 억누르면 공격성은 언젠가 폭력적으로 표출된다. 일단은 공격성을 인지해야 한다. 공격성이 마음껏 표출되도록 내버려 두는 것도 바람직하지 않다. 그럴 경우 공격성이 나를 지배하게 된다. 공격성을 적극적으로 그리고 의식적으로 대할 필요가 있다. 다시 말해 공격성을 어떻게 대할 것인지 결정한다는 뜻이다. 다른 사람들로부터 나를 보호하는 방패로 공격성을 활용할 것인지 아니면 무언가에 적극적으로 다가가 그것을 변화시키기 위한 자극으로 활용할 것인지를 선택한다는 뜻이다. 예컨대 다른 사람들로부터 거리를 두기 위해 즉, 나를 짜증 나게 하는 사람들을 내 마음의 집으로부터 내쫓기 위해 짜증을 활용한다면 짜증은 자유로 바뀌게 될 것이다. 짜증은 상대가 일정한 경계를 넘어 나에게 지나치게 접근해 있음을 의미한다. 다시 말해 짜증은 분명한 경계를 긋는 계기를 마련해준다. 그리고 경계를 긋고 나면 자유를 느끼게 된다. 내가 정한 경계 안에서 나는 마음껏 자유를 누릴 수 있다.

맞서 싸우지 말고 변화시키자

짜증을 다룰 때에는 짜증에 맞서 싸울 것이 아니라, 짜증을 변화시켜야 한다는 원칙을 잊어서는 안 된다. 짜증에 맞서 싸운다고 해서 짜증이 사라지는 것은 아니다. 짜증을 억누르거나 부정하면, 짜증은 다른 방식으로 나의 몸과 마음에 영향을 미칠 것이다. 때로는 억눌렀던 짜증이 위통이나 두통 같은 신체 반응으로 나타나기도 한다. 따라서 짜증을 에너지와 자유로 변화시켜야 한다. 이는 나를 짜증 나게 하는 사람이나 상황은 결코 접근할 수 없는 내 마음속 가장 깊은 곳으로 들어가 내면의 자유를 느끼고 짜증으로부터 나를 보호해주는 에너지원을 발견해내는 계기가 될 수 있다. 마르코복음은 야고보와 요한에 대한 다른 제자들의 짜증에 대해서 언급한다. 야고보와 요한은 예수님에게 하느님의 나라에서 자신들을 예수님의 좌우에 앉혀달라고 요청한다. "다른 열 제자가 이 말을 듣고 야고보와 요한을 불쾌하게 여기기 시작하였다. 예수님께서는 그들을 가까이 불러 이르셨다. '너희도 알다시피 다른 민족들의 통치자라는 자들은 백성 위에 군림하고, 고관들은 백성에게 세도를 부린다. 그러나 너희는 그래서는 안 된다. 너희 가운데에서 높은 사람이 되려는 이는 너희를 섬기는 사람이 되어야 한다. 또한 너희 가운데에서 첫째가 되려는 이는 모든 이의 종이 되어야 한다.'"(마르코복음 10장 41-44절) 예수님은 다른 제자들의 짜증을 진정한 의미에서 높은 사람이 누구인지를 설명하기 위한 계기로 삼았다. 그리고 다른 제자들의 짜증이 정당하다고 보았다. 예수님은 제자들의 짜증을 간과하거나 억누르지 않고, 예수님과 제자들에게 적용되는 높은 사람의 기준에 대해 명쾌하게 설명함으로써 짜증을 변화시켰다.

명
상
법

이탈리아의 심리학자이자 종합 심리요법 사이코신세시스 이론을 창시한 로베르토 아사지올리는 탈동일시라는 명상법을 개발했다. 이 방법은 짜증을 변화시키는 데 도움이 된다. 탈동일시는 다음과 같은 과정을 통해 이루어진다. 우선 조용히 앉아 내 마음속을 들여다보는 것이다. 지난 며칠 동안 수시로 치밀어 올랐던 짜증을 다시 한 번 마음속에 떠올려본다. 마음속에서 일어나는 짜증을 자세히 관찰해보자. 그리고 "내 안에 짜증이 가득하다"고 인정하는 것이다. 여기에서 핵심은 "내 안에는 짜증으로부터 자유로운 부분도 있다"라는 점이다. 내 안에는 내 자신의 상태를 바라볼 수 있게 해주는 마음의 한 구석이 존재한다. 짜증에 의해 오염되지 않은 부분이다. 짜증으로부터 자유로운 공간이다. 그 공간이 바로 진정한 나, 내 영혼이 머무는 토대의 중심이다. 바로 이 중심으로부터 내 안에 소용돌이치는 짜증을 관찰할 수 있다. 이렇게 내 안에 존재하는 짜증을 관찰할 수 있다면, 짜증이 나를 지배할 수 없게 된다. 나는 짜증으로부터 내 마음속 '눈에 보이지 않는 관찰자'인 진정한 나 자신으로 회귀하는 것이다. 바로 이곳에서 나는 평화를 경험하게 된다. 이곳에서 나는 짜증을 관찰할 수 있다. 그리고 이 짜증에 어떻게 대응할 것인지, 이 짜증을 어떻게 에너지로 변화시킬지 조용히 생각해볼 수 있다.

탐욕 뒤에
숨어 있는
갈망

탐욕의 두 얼굴

"세상은 모든 사람의 욕구를 다 충족시킬 만큼 넓다. 그러나 모든 사람의 탐욕을 충족해주지는 않는다." 인도의 정치가이자 민족 운동 지도자인 마하트마 간디가 했던 말이다. "탐욕은 우리가 사는 세상을 파멸시킨다." 이렇게 주장하는 사람도 많다. 이 논리에 근거해 환경보호운동가들은 환경운동을 펼치며, 자본주의를 비판하는 사람들은 적절한 수준의 성장을 요구하거나 무제한적인 성장에 대해 반대한다. 그들은 다른 방식의 삶, 탐욕을 거부하는 삶을 추구한다. 어떤 사람들은 그것이 공허한 구호에 불과하다고도 한다. 그러면서 어느 정도의 '탐욕'은 인

간이 추구하는 행복과 발전 그리고 인간적인 삶을 위해 불가피
하다고 말한다. 만약 탐욕이 제공하는 에너지가 없었다면 인간
은 어떻게 되었을까? 검소함만 추구하는 것은 순진한 생각일
까? 탐욕이 삶의 원동력을 제공하는가? 환경보호는 분명 중요
한 일이다. 그러나 환경보호를 위해 모든 것을 포기해야 한다면
우리의 생존을 가능하게 해주는 생산과 기술의 발전 그리고 경
제 성장은 어떻게 달성한단 말인가?

독일을 대표하는 한 축구트레이너도 인터뷰에서 우수한
선수가 되려면 욕심이 있어야 한다고 이야기한 적이 있다. 득점
을 향한 강한 욕망과 성공하겠다는 강한 의지가 있어야 한다는
것이다. 그렇지 않으면 성공하기 어렵다는 것이다. 배가 부른
사람은 만족감에 젖어 게을러지기 마련이다. 탐욕은 내면의 동
요를 일으키는 강력한 힘이자 추동력이다.

독일인들은 긍정적인 의미의 탐욕 덕분에 눈부신 경제 성
장과 기술 발전을 달성하지 않았던가? 독일이 전쟁에서 패하고
겪은 어려운 시기, 독일인들의 마음속에 강한 욕심이 싹텄다.
그 욕심은 독일이 경험한 급속한 경제 성장에 기여하였다.

그러나 탐욕에는 또 다른 측면이 있다. 탐욕은 많은 문제를
수반하는 소비지상주의를 불러일으키기도 한다.

이처럼 탐욕은 두 얼굴을 가지고 있다. 긍정적인 의미에서

의 탐욕은 많은 경우 최선을 다하고 성공을 쟁취하는 데 도움이 된다. 그러나 탐욕이라는 단어는 통제할 수 없고 절제를 모른다는 부정적 뉘앙스도 갖고 있다. 따라서 긍정적 탐욕이 이끌게 할지 아니면 부정적 탐욕이 이끌게 할지를 선택해야 한다. 부정적 탐욕은 우리를 지배하며 의존적으로 만든다. 긍정적 탐욕은 삶을 개선하는 원동력으로서 우리에게 자극을 준다.

불만족: 강력한 자극

우리는 다른 사람을 향해 탐욕스럽다고 말하기를 좋아한다. 그러나 탐욕이라는 것은 내 안에서도 발견된다. 게다가 탐욕은 자본주의와 같은 특정 시스템 때문에 발생하는 것도 아니다. 자기 자신을 관찰해보면 알 수 있다. 맛있는 음식을 먹는다고 상상해보자. 이미 배가 부른 상태지만 계속해서 먹게 된다. 아니면 쇼윈도를 지나칠 때를 떠올려보자. 쇼윈도 안에 전시되어 있는 물건들을 갖고 싶다는 생각이 든다. 사실 그 물건이 실제로 필요하지 않다는 것을 정확히 알면서도 말이다. 그뿐 아니다. 오늘날 우리는 최신 뉴스를 보거나 이메일을 확인하거나 페이스북 등에 친구들이 새로운 소식을 남겼는지를 확인하고 싶은 욕심에 스마트폰을 손에서 내려놓지 못한다. 탐욕은 사람을 불안정하게 만든다. 그래서 일에 집중하기도 어렵다. 그리고 주변 사람들에게도 제대로 관심과 주의를 기울이지 못하게 된다.

소비와 성공에 대한 사람들의 태도도 살펴보자. 우리 주변에는 늘 최신형 컴퓨터를 갖고 싶어하는 사람들이 있다. 그리고 어느 직장에나 승진할 기회만 노리는 사람들이 있기 마련이다. 이처럼 늘 만족하지 못하는 마음은 많은 경우 탐욕 때문에 생기는 것이다.

무욕이 탐욕의 반대 개념인가

탐욕의 반대 개념 중 하나가 만족이다. 그 밖에도 무욕, 포기, 단순함 등이 있다. 자발적 빈곤이 추구하는 이상은 탐욕의 반대되는 상태를 달성하는 것이다. 이는 수도사들이 추구하는 목표이기도 하다. 어떤 사람들은 이 목표가 비현실적이고 세상과 너무 동떨어진 것은 아닌지 의문을 가진다.

수도사들 역시 욕구가 있다. 그리고 탐욕도 느낀다. 수도사들은 개인 재산을 소유하지는 못한다. 모든 것이 수도원의 소유다. 그러나 자신이 속해 있는 수도원이 재정적으로 풍족했으면 하는 욕심을 갖는다. 나는 수도사로서 탐욕에 대해 이야기할 때면, 흑백논리에 빠지지 않기 위해 주의한다. 악하고 탐욕스러운 세상과 아무런 탐욕이 존재하지 않는 수도원의 세계로 세상을 구분하는 흑백논리 말이다. 수도사들은 세상 모든 사람들처럼 자신의 탐욕을 찾아내고 탐욕에 대처해야만 한다.

예수님이 하신 말씀이 도전이 되고 있다. "가서 가진 것을 팔아 가난한 이들에게 주어라. …… 그리고 와서 나를 따라라." (마르코복음 10장 21절)

추악한 얼굴을 가진 탐욕과 욕심

확실하게 해야 할 것이 있다. 탐욕이 누구나 느끼는 보편적 감정인 것은 맞다. 게다가 오늘날에만 그런 것도 아니다. 성서뿐 아니라 불교의 경전 역시 탐욕에 대해 언급한다. 불교에서는 탐욕이 모든 악의 뿌리라고 표현한다. 성서는 티모테오에게 보낸 첫째 서간에서 비슷하게 표현하고 있다. "사실 돈을 사랑하는 것이 모든 악의 뿌리입니다. 돈을 따라다니다가 …… 많은 아픔을 겪은 사람들이 있습니다."(첫째 서간 6장 10절) 티모테오에게 보낸 첫째 서간의 저자는 돈을 사랑하는 것 즉, 욕심이 많은 아픔을 야기시킨다고 했다. 탐욕의 지배를 받는 것은 결코 유익하지 못하다. 그리스인들 역시 그렇게 생각했다. 그리스인들은 '플레오넥시아'라는 단어를 사용하였다. 이 단어는 점점 더 많은 것을 가지고 싶어한다는 뜻이다. 돈뿐 아니라 명예, 인정 또는 더 많은 정보에 대한 욕심 그리고 항상 온라인 접속이 가능해야만 한다는 집착 등을 들 수 있다. 돈에 대한 사랑도 탐욕의

한 종류로, 금전에 대한 욕심(필라르기리아)이다. 그리스인들은 탐심이 공동체의 공존을 파괴하며 개개인의 마음속 균형을 깨뜨리기 때문에 모두에게 손해라고 말한다. 탐욕은 사치나 인색함으로 표현된다. 플라톤은 인색함이 사치보다 더 문제라고 했다. 인색한 사람은 무슨 일을 하더라도 즐기지 못하기 때문이다. 그런 사람은 자기 자신에게 공격적인 사람이다.

라틴어에서는 인색함이나 탐욕을 아바리티아라고 한다. 이것은 '불다' 혹은 '내쉬다'라는 뜻을 가진 아베오에서 유래한 단어다. 탐욕은 무언가의 냄새를 맡는 것을 의미한다. 로마인들은 탐욕이 있는 인간과 그렇지 않은 인간을 구분하였다. 탐욕이 있고 인색한 사람은 항상 무언가의 냄새를 맡으면서 만족해하지 못한다. 그런 사람의 숨소리는 거칠고 표정에서도 욕심이 보인다. 그리고 탐욕과 인색함은 사람의 얼굴을 바꾼다. 탐욕이 가득한 사람은 아름답지 않다. 항상 긴장된 상태로 어딘가 불편해 보인다.

독일어로 탐욕을 뜻하는 'Gier'는 '기꺼이' 또는 '좋아하는'을 의미하는 'gerne'에서 유래했다. 다시 말해 탐욕이라는 단어는 무언가에 대한 요구나 갈망을 표현하며, 간절함과 그리움을 내포하고 있다. 탐욕을 뜻하는 라틴어 및 독일어 단어는 탐욕이 전적으로 악한 개념만은 아니라는 점을 보여준다. 실제로 탐욕은 인간의 삶에 있어 중요한 원동력이 되기도 한다. 독일어로 호기심을 뜻하는 'Neugier'도 탐욕(Gier)이라는 단어를 포함하는 합성어이다. 탐욕은 곧 에너지원이 된다는 것이다. 따라서 탐욕의 뿌리를 뽑아버리는 것이 아닌, 탐욕을 변화시키는 것이 우리가 해야 할 일이다. 문제는 파괴적인 탐욕을 우리를 자유롭게 하는 에너지이자 삶의 의욕으로 어떻게 변화시킬 것인가이다.

탐욕의 뿌리를 뽑는 것은 불가능하지만
탐욕을 긍정적인 에너지로 바꿀 수는 있다

탐욕의 양면성 즉, 긍정적인 면과 부정적인 면에 대해서 살펴보았다. 그렇다면 그 두 가지 측면을 구분하는 기준은 무엇일까? 탐욕의 긍정적인 측면을 유지하면서 부정적인 측면을 긍정적으로 변화시킬 수 있을까? 그리고 긍정적인 측면이 부정적으로 바뀌는 것을 어떻게 방지할 수 있을까?

탐욕을 변화시키기 위해 첫 번째로 해야 할 일은 내 안에 탐욕이 존재한다는 사실을 인정하는 것이다. 욕심이 많은 사람이라는 사실을 인정하지 않으려는 사람들이 있다. 돈을 더 많이 벌어야 하는 이유가 전적으로 가족을 먹여 살리고 가족의 미래를 위해서라고 주장하는 사람들이다. 끊임없이 뉴스를 보고 정보를 얻느라 혈안이 된 이유가 직장에서 동료들과의 대화를 위해 필요하기 때문이라고 주장하는 사람들이다.

그러나 일차적으로 탐욕을 인정해야만 두 번째 단계에서 탐욕과의 대화가 가능해진다. 탐욕 뒤 가장 은밀한 곳에 숨겨져 있는 갈망은 무엇인가? 생존에 대한 욕구, 삶의 모든 부족함을 상쇄하고자 하는 욕구가 숨겨져 있는 것은 아닐까? 탐욕은 사람을 안절부절못하게 만든다. 탐욕을 일으키는 근본적인 갈망을 발견해야만 평정심을 찾을 수 있다. 그 갈망은 마음을 경직시키지도 않고 동요하게 만들지도 않으며 안정시켜준다.

세 번째 단계에서는 탐욕의 결과를 생각해보아야 한다. 돈을 더 많이 갖게 되면, 인기가 더 많아지면, 더 많은 정보를 갖게 되면 내 안에 갈망이 충분하게 충족되는 걸까? 그 이후 나는 어떻게 되는 것일까? 우리는 돈이나 인기, 정보 등이 우리 내면 깊은 곳에 숨어 있는 갈망을 채워주지 못함을 깨닫게 된다. 탐욕을 마음껏 허용한 결과에 대해 생각해봄으로써, 가장 깊은 곳에 자리 잡은 탐욕으로 포장된 갈망을 발견하게 된다.

천국은 바로 내 안에 있다

그런 다음 네 번째 단계에서 다음과 같이 질문해보는 것이다. 어떻게 하면 이 갈망을 채울 수 있을까? 우리 안에 존재하는 갈망과 갈증은 오직 하느님만 채워주실 수 있다. 그 갈망은 생명력을 불어넣는다. 더 나아가 나의 일상에서 갈망을 충족할 창의적인 방법들을 찾아보도록 이끈다. 예를 들어 안정감에 대한 갈증을 가진 사람은, 안정감의 원천인 가족과 좀 더 많은 시간을 보내려고 노력하게 될 것이다. 또한 수도사로서 영적 수행에 대한 갈증이 있다면 과식을 함으로써 그 길을 방해해서는 안될 것이다. 적은 양의 음식이라도 하느님이 허락하신 음식에 감사하며 식사를 즐겨야 할 것이다. 그러면 음식을 먹으면서 음식보다 더 달콤한 무언가를 맛볼 수 있게 된다. 굳이 더 많은 양의 음식을 먹을 필요가 없어진다. 그리움, 갈망, 동경을 뜻하는 라틴어 데시데리움(desiderium)은 별을 뜻하는 시데라(sidera)라는 단어로부터 유래했다. 갈망은 하늘의 별을 따서 지상으로 가지고 내려오고 싶은 마음인 것이다. 하늘에 걸려 있는 별들이 내 영혼을 밝혀주길 바라는 마음 말이다. 그렇게 되면 갈망의 대상이 내 안에 존재하게 된다. 내가 동경하는 천국이 내 안에 존재하게 되는 것이다.

만약 탐욕에 사로잡혀 있다면 음식을 제대로 즐기지도 못하게 된다. 내가 구입한 물건들 역시 제대로 향유하지 못하게 된다. 심리학자들은 탐욕스러운 사람들이 자기 자신에게 집중하지 못한다고 말한다. 음식의 맛을 제대로 느끼지도 못하고,

어떤 물건을 사용할 때 그 즐거움을 충분히 만끽하지도 못한다. 따라서 탐욕을 변화시키는 과정은 감각을 깨워줌으로써 진행된다. 미각, 촉각, 시각, 청각을 깨우는 것이다. 누구나 박물관이나 미술관에서 전시물을 집중해 보고 있으면 마음이 편안해지는 느낌을 받은 적이 있을 것이다. 그러나 빠른 속도로 전시물들을 지나쳐 가면 오히려 마음이 조급해진다.

축복이 되는 삶의 태도

그렇다면 탐욕을 어떠한 태도로 변화시켜야 하는 것일까? 그리고 어떤 종류의 긍정적 에너지로 변화될 수 있는 것일까? 변화에는 다양하고 창의적인 가능성들이 있다. 그중 두 가지만 소개하겠다. 하나는 탐욕을 명예심으로 변화시키는 것이다. 명예심은 긍정적인 측면이 있는데, 내적으로 그리고 외적으로 발전하고자 하는 목표를 추구한다는 점이다. 설교를 준비하는 과정에서 명예심을 발동하면, 명예심이 지나칠 경우 스트레스를 유발할 수도 있지만 적당할 경우 최선을 다해 설교를 준비하게 된다. 게다가 명예심을 하느님의 영에 내맡기게 되면 그 명예심이 다른 사람들에게도 축복이 된다.

또 다른 방법은 탐욕을 감사함으로 변화시키는 것이다. 다른 사람들과의 비교를 멈추고 내 자신의 모습과 내게 주어진 것들에 감사하는 것이다. 루카복음은 자캐오라는 돈 많은 세관장의 이야기를 들려준다.(루카복음 19장 1-10절) 자캐오는 탐욕이 가득한 사람이었다. 그리고 키가 작은 사람이었다. 자캐오는 어쩌면 작은 키라는 콤플렉스를 더 많은 재물을 모음으로써 극복하려 했을 수도 있다. 그러나 내면의 결핍을 돈으로 채울 수는 없다. 밑 빠진 독에 물을 붓는 것과 다를 바 없는 헛수고이다. 자캐오는 세관장이었다. 그는 다른 사람을 낮추고 업신여김으로써 더 큰 사람이 되고자 했다. 그러나 이 방법 역시 자신의 결핍을 충족시켜주지 못했다. 오히려 그 반대였다. 그는 다른 사람들로부터 인정받기는커녕 죄인 취급을 받았다. 죄인은 따로 구분되는 존재다. 선한 유대인들 사이에 섞이지 못하고 항상 눈에 띄는 존재다. 사실 자캐오는 이런 악순환으로부터 벗어나고 싶었다. 그는 예수님에 대한 많은 이야기를 소문으로 들었고, 예수님을 보려고 했다. 그래서 돌무화과나무에 기어올라 잎사귀 뒤에 숨어 예수님을 바라보았다. 그런데 예수님이 그를 향해 시선을 돌렸다. 그리스어 원어를 살펴보면 예수님이 하늘을 향해 고개를 드셨다고 한다. 예수님은 자캐오라는 죄인 안에서 하늘, 천국을 보신 것이다. 예수님은 그에게 나무에서 내려오라 명하시고 그의 집에 가겠다고 하신다. 죄인을 바리새인들처럼 정죄하지 않고 있는 그대로를 받아주는 사랑의 눈빛으로 자캐오를 변화시켰다. 자캐오의 탐욕은 나눔으로 바뀌게 된다. 자캐오는 재산의 절반을 가난한 사람들에게 나누어주기까지 한다. 그리고 친구들을 초청해 연회를 베푼다. 그를 외롭게 만들었던 탐욕은 다른 사람들에 대한 공감으로 바뀐 것이다.

내려놓으라

다시 말하지만, 탐욕과 맞서 싸워서는 안 된다. 탐욕에 맞서게 되면 오히려 내면에 더 강한 저항력이 생긴다. 탐욕을 인정하고 탐욕과 대화를 시작하면 보다 신중한 삶의 태도, 다른 사람들과의 보다 긴밀한 관계, 그리고 하느님이 허락하신 것들에 대한 감사함으로 누릴 수 있는 여유를 갖게 된다. 그리고 탐욕은 모든 것을 내려놓을 수 있게 해준다. 탐욕은 우리를 지배하고 싶어한다. 이러한 탐욕을 인정하고 인식하게 되면, 우리가 붙잡으려 했던 모든 것들을 내려놓고 하느님이 하루하루 우리에게 허락하신 것들에 만족하며 감사하게 되는 것이다.

명
상
법

탐욕을 변화시키는 한 가지 방법은 진정한 즐김을 만끽하는 것이다. 무언가를 진정으로 즐기는 순간, 사람은 다른 무언가를 갈구하거나 탐하지 않고 온전히 그 즐김에 빠져들게 된다. 아주 천천히 빵 한 조각을 씹으면서 빵 맛을 즐기는 것이다. 또는 초콜릿 한 조각을 천천히 녹여 먹으면서 초콜릿의 달콤함에 빠져보는 것이다. 무언가를 천천히 여유롭게 즐기는 법을 터득하게 되면, 많은 양의 초콜릿을 먹어 치우지 않고도 초콜릿의 달콤함을 충분히 즐길 수 있게 된다. 초콜릿이 아닌 다른 것들도 마찬가지다. 한여름 이른 아침에 밖으로 나가 신선한 공기를 즐길 수도 있다. 잔디밭의 신선한 향기를 즐기는 것이다. 몸의 모든 감각을 동원해 신선한 아침 공기를 피부로 느껴보고 햇살을 눈으로 바라보며 바람의 속삭임과 자연의 고요함을 귀로 느끼며 이른 아침에만 맡을 수 있는 향기를 코로 만끽해보는 것이다. 오감으로 느끼는 것이다. 그 순간 탐욕으로부터 완전한 자유를 경험하게 된다.

5

두려움을 껴안고
그 의미를
발견하기

두려움이 없는 사람은 없다: 두려움의 두 얼굴

두려움은 삶의 일부다. 누구나 두려움을 인정하고 싶지 않
겠지만, 두려움이 없는 사람은 없다. 두려움을 느끼는 것은 인
간의 특징이기도 하다. 두려움은 위험에 대해 경고하며 내면의
힘을 모으게 해줌으로써 스스로를 보호할 수 있게 해주는 좋은
자극이기도 하다. 두려움은 도망가거나 공격에 대비할 수 있게
함으로써 동물을 보호하기도 한다. 만일 두려움을 느끼지 못한
다면, 어떤 일을 하는 데 있어서 혹은 어떤 것을 선택하는 데 있
어서 정도를 알 수 없게 된다. 그러면 해로운 것을 선택하는 지
경에 이르게 될 것이다.

그러나 우리에게 장애가 되는 두려움도 있다. 우리를 지배하고 제한하는 두려움이다. 기업가는 기업의 파산을 두려워하고, 직원들은 예측할 수 없는 상사를 두려워하거나 아무런 영향력을 행사할 수 없는 어떤 결정에 대해 두려워한다. 특정 대상에 대한 두려움도 존재한다. 공포증 말이다. 예를 들어 기차 타는 것을 두려워하는 사람들이 있다. 광장공포증이나 폐쇄공포증, 곤충이나 세균에 대한 공포증 등이 존재한다. 갑자기 일어나는 패닉 발작도 있다. 어떻게 대응해야 할지 알 수 없게 되는 순간 패닉 상태에 빠지는 것이다. 발작이 일어나면 공포에 완전히 사로잡히게 된다. 그런 공포를 경험해본 사람은 그 공포심에 대한 두려움 때문에 삶이 제한되기 시작한다. 또다시 패닉 발작을 경험하게 될까봐 늘 두려움에 떨게 된다. 그리고 두려움이 엄습해오기 시작하면 그 두려움이 자신을 집어 삼키고 완전히 지배하게 될까봐 패닉에 빠진다.

인생이 마음대로 되지 않을까봐 걱정하고 두려워하는 사람들이 있다. 직장에서 낙오자가 될까봐 겁이 난다는 사람도 있다. 연인과의 관계가 실패할까 두려워하는 사람도 있다. 부모가 세상을 떠난 후 홀로 남겨질 것을 두려워하는 사람도 있다. 병에 걸릴까봐 걱정하는 사람들도 많다. 특히 밤이 되면 이런저런 두려움과 걱정이 밀려온다. 심지어 꿈속에서도 걱정이 이어진다.

어떤 두려움은 살면서 경험한 여러 사건들 때문에 생기기도 한다. 만약 늘 두려움에 시달리는 어머니가 있다면 그 자녀들이 영향을 받게 된다. 어두운 지하실을 두려워하는 아이들은 어두운 것을 받아들이지 않으려는 심리를 가지고 있다. 어릴 적 교통사고를 경험한 사람이라면 그 사고를 연상시키는 특정 상황에서 엄청난 공포를 느끼기도 한다. 많은 경우 두려움은 괜한 우려나 걱정으로 드러난다. 그렇다고 두려움이 쓸데없는 것은 결코 아니다. 두려움이 없다면 우리는 무방비 상태가 된다. 오늘날 사람들은 가능한 두려움을 떨쳐버리려고 한다. 두려움은 부정적인 것으로 간주되기 때문에 허용되지 않는 것이다. 그래서 두려움이 느껴지는 순간, 두려움에 대한 두려움이 너무 커져 두려움의 지배를 받게 된다. 바로 이러한 두려움에서 우리는 벗어나고자 하는 것이다.

두려움에도 의미가 있다. 두려움은 우리에게 과제를 제시하고 있다.

두려움을 억누르지 말고, 두려움과 대화하자

때로는 두려움이 불편하기도 하다. 그래도 두려움을 억눌러서는 안 된다. 여기에서도 두려움에 맞서 싸우려고 하면 할수록, 두려움이 더 바짝 우리를 추격해온다는 것이다. 심리학적으로도 그렇지만 영성적으로도 마찬가지다. 다양한 심리학적 방법들을 동원해 두려움에 맞선다면, 두려움은 오히려 커질 위험이 있다. 두려움을 이기게 해달라고 기도하면 오히려 더 큰 두려움을 느끼게 된다. 수많은 신실한 기독교인들은 하느님을 향해 두려움을 거둬달라고 기도한다. 그들은 하느님이 마치 마법사처럼 아무런 고통 없이 두려움이 사라지게 해주리라 기대한다. 그러나 이 방법은 통하지 않는다.

두려움이라는 이름의 스승

두려움을 변화시키는 영성적 방법은 두려움과 대화를 나누는 것이다. 우선 스스로에게 질문을 해야 한다. 도대체 내가 두려움을 느끼는 대상은 무엇인가? 내가 느끼는 두려움은 구체적으로 어떤 두려움인가? 실패하는 것에 대한 두려움인가 아니면 실수하는 것에 대한 두려움인가? 목표한 것을 이루지 못할까봐 느끼는 두려움인가? 병이나 죽음에 대해 느끼는 두려움인가? 예측할 수 없는 재앙이나 미래에 대한 두려움인가? 내가 느끼는 두려움이 구체적으로 어떤 것인지를 이해해야만 그 두려움이 갖는 의미를 파악할 수 있게 된다. 그 두려움이 나에게 어떤 메시지를 전하고 있는가? 두려움이 나에게 어떤 작용을 일으키고 있는가? 도대체 나는 왜 두려움을 느끼는가? 두려움 때문에 혹 내 삶에 대한 나의 태도가 왜곡되는 것은 아닌가? 나 자신에 대해 현실과 다르게 인식하게 되는 것은 아닐까? 그래서 나는 스스로에게 너무 과도한 요구를 하는 것은 아닐까? 두려움은 스승이 될 수 있다. 두려움은 내 자신과 내 삶에 보다 건강한 잣대와 기준을 적용할 것을 가르쳐줄 수 있다. '나는 절대 실수하지 않아. 만약 실수하면 나는 가치 없는 인간이 되고 다른 사람들에게 거부 당할 거야.'식의 태도 대신 보다 현실적인 태도를 깨닫게 해준다. '나도 충분히 실수할 수 있어. 그래도 나는 가치 있는 존재야. 내 가치는 내가 하는 실수 때문에 결정되는 것이 아니야.' 그리고 두려움은 나 자신에 대해 관대해도 된다고 용기를 주며, 스스로에게 과도하게 기대하지 말라고 가르쳐준다.

두려움을 완전히 그리고 다시는 재발하지 않게 제거 가능한 존재라고 믿는 것은 비현실적이다. 두려움에서 완전히 벗어날 수는 없다. 그러나 우리를 제한하는 두려움이나 패닉 발작으로부터 자유로워질 수는 있다. 생각보다 많은 사람들이 패닉 발작에 시달리고 있다. 대부분 두려움 때문에 일어나는 발작이다. 어지러울 지경에 이를 정도로 두려움이 엄습하는 것이다. 그런 상황에서 대부분의 사람들은 강압적으로 두려움을 억압하려 한다. 그러나 그 결과 두려움은 더 커지고 만다. 반면 두려움을 느끼는 순간, 두려움을 허용하고 두려움과 대화를 시작하게 되면 두려움은 사라지게 된다. 게다가 두려움은 나 자신을 느낄 수 있는 기회를 제공하기도 한다. 두려움은 많은 경우 우리가 지나치게 다른 사람에게 집착하며 다른 사람들이 늘 나를 관찰하고 있다고 착각한다는 사실에 대한 증거다. 두려움을 덤덤하게 받아들일 때 우리는 다시 우리 자신에게 집중할 수 있게 된다.

내 존재의 나약함을 하느님의 은총 아래로

누구나 두려움을 느낀다. 꼭 극단적인 상황이 발생하지 않아도 사람들은 두려움을 느낀다. 젊고 건강한 사람이라도 갑자기 암 같은 병에 걸리거나 사고로 인해 다치게 될지도 모른다는 두려움을 느낀다. 내 안에 자리하고 있는 건강에 대한 걱정과 두려움은 나와 내 두려움을 하느님의 은총 아래로 들어가게 해줄 수 있다. 두려움을 느끼는 것은 당연한 일이다. 두려움은 인간이라는 존재의 나약함을 보여준다. 나는 내 건강 하나 보장할 수 없다. 언제든 병이 날 수 있다. 질병에 대한 두려움은 나약함을 인정하는 동시에 하느님을 의지할 수 있는 계기를 제공해준다. 두려움으로 인해 나는 하느님에게 질병으로부터 나를 보호해달라고 기도하게 된다. 동시에 질병에 걸렸더라도, 항상 하느님이 사랑으로 나를 이끌어주시고 감싸 안아주시길 기도하게 되는 것이다. 이러한 과정을 통해 두려움은 좋을 때나 나쁠 때 그리고 내가 건강할 때나 그렇지 못할 때 항상 하느님의 보살핌 아래 머물러 있을 수 있다는 믿음으로 변하게 된다. 이 믿음은 질병에 대한 두려움을 줄여준다.

인간이 두려움을 느끼는 것은 지극히 자연스러운 일이다. 철학자 마르틴 하이데거는 유명한 저서 『존재와 시간』에서 두려움은 인간의 근본적인 정서 상태 즉, 기분이라고 설명하였다. 공포는 인간에게 세상이 인간의 본향이 아님을 가르쳐준다. "두려움이 두려워하는 것은 세계 안에서의 존재 그 자체다." 하이데거는 두려움이 우리로 하여금 우리의 '본래성'을 발견하고 인간으로서 나는 누구이며 인간이라는 존재가 어떤 존재인지를 깨닫게 해준다고 설명한다. 하이데거의 철학적 분석을 진지하게 받아들이고 있는 신학은 두려움이 내 삶의 이유를 하느님으로부터 발견하도록 우리를 초대하고 있다고 본다. 다시 말해 두려움은 내가 나를 어떻게 정의할 것인지 묻고 있다. 나는 내 자신을 다른 사람들과 그들의 기대에 의해 정의할 것인가? 아니면 하느님에 의해 정의할 것인가? 결국 두려움은 나를 하느님에게로 인도한다. 두려움은 하느님에 대한 신뢰의 반대 개념이 아니다. 두려움은 오히려 내가 외적 안전성이나 다른 사람들의 기대 속에서 내 존재의 이유를 찾지 않고 하느님 안에서 내 존재의 이유를 찾을 수 있도록 나를 하느님에게로 인도한다.

죽음에 대한 두려움

나이가 많은 사람뿐 아니라 인간이라면 누구나 죽음을 두려워한다. 죽음에 대한 두려움 역시 인간이 느끼는 가장 기본적인 감정이다. 정신과 의사 어빈 얄롬 등이 개발한 실존심리치료 방법에서는 죽음에 대한 두려움을 전적으로 억압한다는 점에서 프로이트 등이 주장한 고전적인 심리분석을 비판한다. 얄롬은 인생의 성공 여부는 죽음에 대한 두려움을 인정하고 내 삶의 한 부분으로 통합한다고 해서 달라지지 않는다고 말한다. 수많은 심리적 문제들은 죽음에 대한 두려움으로부터 탈출하기 위한 시도로 볼 수 있다. 따라서 치료는 죽음에 대한 두려움 앞에 당당하게 설 때만이 가능하다. 죽음에 대한 두려움과도 역시 대화를 나누어야 한다. 내가 두려워하는 것은 구체적으로 무엇인가? 내 삶과 내 자신을 내려놓는 것에 대한 두려움, 아름다운 순간들을 놓쳐버릴지도 모른다는 두려움 아닐까? 아니면 다른 사람들을 떠나야 하는 두려움인가? 자녀를 둔 어머니는 어린 자녀들을 두고 떠나는 것을 두려워할 것이다. 자녀들을 조금 더 보살펴주고 싶은 마음이 클 것이다. 죽음에 대한 두려움은 어쩌면 통제력을 상실하는 것에 대한 두려움일지도 모른다. 벌을 받을지도 모른다는 두려움, 신 앞에 서는 것에 대한 두려움, 진실을 마주하는 것에 대한 두려움은 아닐까? 두려움에 관한 대화를 통해서만 두려움을 변화시킬 수 있다. 자녀를 홀로 남겨두어야 하는 것에 대한 두려움은 대화를 통해서 자녀를 하느님의 손에 의뢰할 수 있는 믿음으로 변한다. 통제력을 잃게 될지도 모른다는 두려움은 하느님이 나에게 일어나는 모든 일들에 대해 간섭하시고 모든 상황을 바꿔주실 수 있다는 믿음으로 변한다. 그 무엇도 두려워할 필요가 없어진다. 하느님은 모든 것을 아시는 분이기 때문이다.

대부분의 경우 죽음에 대한 두려움은 죽는 것 자체에 대한 두려움이다. 갑자기 집 밖으로 나가는 것을 꺼리게 된 한 여성이 있었다. 왜 외출을 하지 않느냐고 묻자, 만약 자신이 쓰러지면 어떻게 하겠냐고 말했다. 나는 그녀에게 두려워할 필요가 없다는 식의 이야기는 하지 않았다. 그랬다면 내 이야기를 진지하게 들어주지도 않았을 것이다. "맞아요. 갑자기 쓰러져 어쩌면 죽을지도 모르지요. 하지만 지금 나와 대화를 나누는 이 순간에는 아직 살아계시지 않습니까. 이 순간을 마치 마지막 순간인 것처럼 소중하게 살아가십시오. 그리고 대문을 나서는 순간에도 당신은 살아 있을 것입니다. 바람과 햇살을 느껴보세요. 당신과 마주치는 사람들에게 집중해보세요. 더 최선을 다해 삶을 만끽하시게 될 겁니다. 죽음에 대한 두려움은 매 순간 집중하고 당신이 처한 그 순간에 최선을 다할 수 있게 해줄 것입니다." 죽음에 대한 두려움은 남은 시간을 감사함으로 즐길 수 있고, 다른 사람들과의 대화에 집중하고, 내가 어떤 사람으로 기억되고 싶은지 생각해볼 수 있는 자리로 우리를 초대한다.

두려움, 이렇게 변할 수 있다

변화의 첫 번째 단계는 두려움과 대화를 나누는 것이다. 대화를 통해 두려움과 가까워지고 두려움을 자세히 바라보는 것이다. 이 과정을 통해서 두려움과 일정한 거리를 유지할 수 있게 된다.

변화의 두 번째 단계는 두려움을 느끼는 구체적인 대상을 파악하는 것이다. 실수를 하는 상황, 정신을 잃고 쓰러지는 상황, 병에 걸리는 상황을 구체적으로 떠올려보자. 막연하게 생각하듯이 그렇게 끔찍한 일일까? 보다 구체적으로 생각하다 보면 두려움은 약해진다.

그다음 세 번째 단계는 나에게 새로운 삶의 태도를 가르쳐주는 친구로서 두려움을 받아들이는 것이다. 여기에서 말하는 새로운 삶의 태도는 완벽주의로부터의 이별을 의미할 수 있다.

또는 질병이나 죽음이 닥친다고 해도 나는 하느님의 의로우신 손 안에 머물 것이라는 믿음을 의미할 수도 있다. 더 나아가 내 삶의 기준을 사람에게서 받는 인정이 아니라 하느님께 받는 인정에 두는 것이다.

예수님은 두려움을 어떻게 치료했을까

성서를 살펴보면 예수님은 두려워하지 말라는 말씀을 자주 하셨다. 그러나 예수님 자신도 십자가 위에서 당할 죽음에 대해 두려워하셨다. 겟세마네 동산에서 그 두려움은 노골적으로 드러난다. 그리고 한 천사가 내려와 예수님이 두려움을 극복하는 것을 도와주었다. 예수님은 두려움을 극복하고 치료하는 방법으로 우리에게 어떤 것을 제시하셨는가? 두려움을 극복하기 위해 어떻게 하라고 말씀하셨는가? 예수님이 제안하신 방법이 어떤 것인지 성서에서 살펴보자. 우선 마태오복음에 기록되어 있는 예수님의 메시지를 살펴보자. 구체적으로 두 종류의 두려움에 대해 언급하신 부분이다.

예수님은 사람들 앞에 나서기를 꺼리게 만든 제자들의 두려움에 대해 말씀하셨다. "그러니 너희는 그들을 두려워하지 마라. 숨겨진 것은 드러나기 마련이고 감추어진 것은 알려지기 마련이다. 내가 너희에게 어두운 데에서 말하는 것을 너희는 밝은 데에서 말하여라. 너희가 귓속말로 들은 것을 지붕 위에서 선포하여라. 육신은 죽여도 영혼은 죽이지 못하는 자들을 두려워하지 마라. 오히려 영혼도 육신도 지옥에서 멸망시키실 수 있는 분을 두려워하여라."(마태오복음 10장 26-28절)

여기에 두 가지 종류의 두려움이 소개된다. 동시에 두려움을 변화시키는 방법도 제시된다. 첫 번째 두려움은 우리 안에 존재하는 비밀에 대한 두려움이다. 다른 사람들 앞에 나서는 사람은 자신에게 주목하는 사람들이 자신의 약점을 발견하게 될 것을 두려워한다. 사람들이 내 겉모습 뒤에 숨겨져 있는 것들, 약점과 비밀스러운 환상과 실수들을 발견할까봐 두려워한다. "내가 얼마나 부정적인 생각을 갖고 있는지, 내가 얼마나 겁이 많은지 혹은 내가 다른 사람들에게 얼마나 많은 상처를 주었는지 사람들이 알게 된다면 그들은 나를 거부할 거야." 예수님은 이러한 종류의 두려움을 극복하는 방법으로서, 하느님은 모든 것을 다 아시는 분이라는 사실을 알려주신다. 하느님 앞에서는 감출 수 있는 것이 없다. 따라서 하느님 앞에서는 모든 것을 내놓을 수 있다. 내가 꼭꼭 숨겨놨던 내 가장 비밀스러운 것들에 하느님의 사랑을 투과시키면 그것들이 두려움을 야기시킬 수 없다. 내가 감추고 싶은 부분들을 모두에게 보여줄 필요는 없다. 그러나 하느님 앞에 내놓는 순간 내가 가진 비밀 때문에 느끼는 두려움은 사라지게 된다. 다른 사람들이 내 속에 감춰져 있는 비밀을 발견할까봐 두려워할 필요가 없다. 하느님은 모든 것을 다 아신다. 하느님이 받아주시지 않을 것도 없고 하느님의 사랑에 사로잡히지 못할 것도 없다.

또 하나의 두려움은 상처에 대한 두려움이다. 다른 사람 앞에 나서는 사람은 비판의 대상이 될 수 있다. 특히 오늘날에는 공인들의 실수나 단점을 찾아내 지적하는 데 혈안이 되어 있는 사람들이 있다. 그러다 보니 자신을 공개적으로 드러내는 것을 두려워하는 사람들이 있다. 예수님은 이러한 종류의 두려움을 치료하는 방법으로 다음과 같은 제안을 하신다. 사람들은 우리의 육신을 죽일 수도 있고, 우리의 마음과 감정들을 다치게 할 수도 있다. 몸에 상처를 내는 것도 충분히 가능하다. 그러나 영혼의 가장 깊은 곳은 결코 상처 낼 수 없다. 영혼의 가장 깊은 곳에는 고요한 공간이 존재한다. 그곳은 다른 사람들이 내뱉은 말들, 물리적 폭력 등이 결코 도달할 수 없는 곳이다. 안전한 곳이다. 절대적 보호 아래 있는 곳이다. 안전한 이 내적인 공간, 거룩한 공간은 두려움을 변화시킬 수 있다. 물론 감정적으로는 두려움을 계속해서 느낄 수 있다. 그러나 두려움이 내 영혼의 가장 깊은 곳에 도달하게 되면 두려움은 줄어들게 된다. 그리고 나를 억누르는 힘을 잃게 된다.

진리를 찾게 해주는 두려움

예수님은 단번에 두려움을 잘라내거나 억누르지 않으셨다. 예수님도 두려움을 표현하기도 했다. 그러면서 두려움을 변화시키는 방법을 보여주셨다. 예수님의 지혜에서 우리는 두려움을 다루는 법을 배울 수 있다. 두려움에서 완전히 자유로워지는 것은 아니다. 두려움을 인정하고 두려움을 가진 내 모습을 당연한 것으로 받아들임으로써, 내면의 고요한 공간으로 들어가 하느님에게 더욱 가까이 가는 것이다. 두려움을 가진 내 모습일지라도 하느님이 받아주신다는 사실은 두려움에 마주한 우리를 자유롭게 만들어준다.

구체적인 예를 살펴보자. 대부분의 사람들은 대중 앞에 나서는 것을 두려워한다. 망신을 당할까봐 두려워하는 것이다. 한번은 한 여가수가 무대에 설 때마다 극도로 긴장을 한다며 고민을 털어놓았다. 그러면서 긴장을 풀기 위해 정신과 약을 먹는 대신 긴장감을 그대로 인정한다고 설명하였다. 아무리 많이 연습한다고 해도 항상 완벽하게 노래할 수 없다는 사실을 받아들이는 것이 중요하다고 하였다. 그리고 노래가 성공할 때마다 그것을 선물로 생각한다고도 덧붙였다. 이 태도 덕분에 그녀는 노래에 음악의 비밀을 실을 수 있었다. 누군가가 이렇게 평했다. "당신이 노래를 한 것이 아니라, 마치 노래가 당신을 울린 듯했다." 이 여가수는 두려움 덕분에 자아로부터 자유로워지거나 적어도 더 큰 무언가가 자신의 자아를 투과할 수 있도록 자신을 내맡길 수 있었다. 그녀는 두려움이 어떻게 변화될 수 있는지 잘 보여주었다. 모든 것을 통제하고 지배하려는 자아는 두려움 덕분에 힘을 잃게 된다. 노래할 때, 설교할 때, 발표할 때 등 다른 사람들 앞에서 무언가를 할 때 누구든지 경험할 수 있는 변화다. 그 순간 두려움도 나름의 의미가 있기 때문에, 우리가 두려움에 맞서 싸울 것이 아니라 두려움 앞에서 보다 큰 무언가를 위해 우리 자신을 열어야 한다는 사실을 깨닫게 된다. 두려움을 잘만 다루면 두려움이 상당히 긍정적인 작용을 하게 된다. 다시 말해 두려움의 의미를 찾아내고, 두려움을 보다 중요하고 근본적인 것에 집중할 수 있도록 우리를 돕는 친구로 생각하면 된다는 말이다. 두려움은 우리가 그저 인간일 뿐 신이 아니라는 사실을 일깨워주려 한다. 그리고 내 안에서 또는 나의 힘에 의지해 안전함을 느끼는 것이 아니라 궁극적으로 하느님 안에서만 안전함을 경험하게 된다는 사실을 알려주려 한다. 다시 말해 우리 자신을 개방함으로써 진리를 찾을 수 있도록 돕는 것이다.

명
상
법

　　나만의 비밀 때문에 느끼는 두려움에 대처하는 방법을 소개하겠다. 우선 다음과 같이 자문해보자. 나는 하느님 앞에서 그리고 다른 사람들 앞에서 무엇을 감추려 하는가? 내 자신의 모습 중에서 스스로 용납할 수 없는 것은 어떤 모습인가? 다른 사람에게 알리고 싶지 않은 비밀은 무엇인가? 그런 다음 내가 감추려는 나의 비밀 속으로 하느님의 사랑이 스며든다고 상상해보자. 하느님 앞에서는 무언가를 숨길 필요가 없다. 하느님은 나를 잘 아시기 때문이다. 하느님의 사랑은 나 스스로도 용납하기 힘든 부분까지도 채워주신다. 내 안의 모든 부분들이 하느님의 사랑에 완전히 젖었다고 생각해보자. 그러면 내면의 불안, 마음속 들끓음, 내 안에 존재하는 위협적인 모습에 대한 두려움이 녹아내리기 시작할 것이다. 어떤 모습이든 내 안에 있는 것은 모두 하느님의 빛으로 밝혀졌기 때문에 다 허용될 수 있는 것이다.

6

우울함 속에 숨겨져 있는 보물

우울증, 신종 국민병인가

오늘날 사람들은 자신에 대해 쉽게 진단을 내리고 병명을 찾아낸다. 그리고 지나치다 싶을 정도로 빠르게 다른 사람들을 환자로 만든다. 한 여자가 남편의 죽음 이후 몇 달 동안 슬픔에 잠겨 지내면서 남편을 그리워했다. 남편의 죽음 때문에 상심한 것뿐이었는데, 사람들은 그녀에 대해 우울증에 걸렸다고 말했다. 어떤 사람은 직장에서의 스트레스와 열악한 근무조건 때문에 직장생활에 만족하지 못하고 이직을 하려 하자, 주변에서 그에게 혹시 우울증이냐고 물었다고 한다. 종교 서적을 즐겨 읽는 또 다른 사람은 친구에게서 '만성적 우울증'에 시달린다는 소리를 들어야만 했다. 쉽게 피로해지는 증상이나 다양한 심리적 반응에 대해 사람들은 '우울증'이라고 정의하고 있다.

물론 실제로 우울증에 걸린 경우도 있다. 며칠이고 침대에 누워만 있고 싶은 경우다. 삶의 의욕이 없고, 무얼 하고 싶은 마음이 전혀 생기지 않는 경우다. 이런 경우에는 심리치료를 받는 등 도움이 필요하다. 죄책감에 시달리면서 끊임없이 자책을 하는 경우, 더 이상 살고 싶지 않다며 자살을 생각할 만큼 좌절한 경우다. 이럴 때 주변 사람들과 친구들, 그리고 배우자들은 어떻게 대응해야 할지 모르며, 모든 기운을 다 빼앗기는 느낌을 받는다. 어떻게 대응하고 어디까지 도와주어야 할까? 과연 도움을 줄 수는 있는 걸까? 우울한 기분과 진짜 우울증을 어떻게 구분할 수 있는가? 그리고, 우울증에 걸린 사람을 실질적으로 돕는 것이 가능한가?

우울증은 점점 더 확산되고 있다. 우울증이 신종 국민병이 된 듯하다. 그럼에도 불구하고 사람들은 우울증에 대해 이야기하기를 꺼린다. 마치 우울증이 끔찍한 문제인 것처럼 말이다. 여기에서 중요한 사실은 우울증을 어떻게 다루어야 하는가로 문제를 국한시켜서는 안 된다는 것이다. 우울증은 우리에게 어떤 메시지를 주려고 하는가? 우울함을 변화시킬 수 있는가? 바로 이러한 부분까지도 생각해보아야 한다. 우선은 우리가 다루고자 하는 대상에 대해 좀 더 명확한 정의를 내릴 필요가 있다.

어떻게 구분할 것인가

우울증은 의학적 치료가 필요한 질병이다. 그러나 그런 차원의 우울증이 아니라, 사람이라면 누구나 경험하게 되는 우울한 기분이나 일시적 우울감도 존재한다. 이것을 반응적 우울증이라고 부른다. 즉, 사랑하는 사람을 잃거나 실직을 하는 등 가슴 아픈 경험에 대한 반응으로서 느끼게 되는 우울함을 말한다. 예전에는 '내생적' 그리고 '외생적' 우울증으로 구분하기도 했다. 내생적 우울증은 우울증의 원인이 자신의 심리 속에 있는 경우다. 우울한 마음이 선천적으로 존재하는 경우다. 외생적 우울증은 우울증의 원인이 외부에서 제공된 경우다. 오늘날에는 우울증을 경증, 경중증 그리고 중증 우울증으로 구분한다. 심리학계에서는 '단극성' 그리고 '양극성' 우울증으로 구분하기도 한다. '양극성' 우울증이란 극단적인 활동성을 보이며 지나치게 기분이 좋은 상태와 우울한 상태 사이를 계속해서 오락가락하는 질병을 가리킨다. 양극성 장애는 약물 치료가 필요하다. 단극성 우울증에 대해 심리학에서는 내적으로 억압되어 있는 느낌을 받으며 힘이나 용기를 낼 엄두를 내지 못하는 '억누르는 우울증'이라고 표현한다. 따라서 눈에 띄는 불안 증세나 과장된 행동으로 나타나는 '격정적 우울증'과는 다르다. '격정적 우울증'에 시달리는 사람들은 대부분의 경우 우울증이라고 인정받지 못한다. 그 밖에도 두통, 소화불량, 식욕감퇴, 어지럼증과 같은 신체적 증상 뒤에 숨어서 나타나는 '가면 우울증'도 있다. 우울증은 이처럼 매우 다양한 증상으로 나타난다. 또 약물 치료 등의 의학적 처치가 반드시 필요한 우울증도 있다. 그러나 나 자신 그리고 내 안에 존재하는 진실에 대해 중요한 이야기를 들려주는 우울증도 있다. 그런 종류의 우울증은 항상 나름의 의미가 있다. 그리고 언제든 변할 수 있다. 물론 우울증을 변화시키는 것이 반드시 우울증을 치료한다는 의미는 아니다.

그렇다면 단순히 슬픈 것인지 아니면 질병으로서 우울증을 겪고 있는 것인지를 어떻게 구분할 것인가? 만약 장시간 의욕이 없고 자기 자신을 느낄 수 없는 동시에 혼란에 빠져 있다면, 그것은 우울증이다. 슬픔에 빠진 사람은 슬픔을 느낄 수 있다. 우울증에 걸린 사람은 아무런 감정을 느끼지 못한다. 텅 비어 있는 상태인 셈이다. 그는 마치 어두운 구덩이에 빠져 있는 기분을 느낄 뿐이다. 삶으로부터 단절된 상태다. 이런 상태에서 우리는 어떻게 해야 할까?

우울증의 의미와 메시지

심리학자 융은 우울증이 문을 두드리는 검은 여인 같다고 말한 적이 있다. 이 여인이 문을 두드리면 문을 열어야 한다고 한다. 왜냐하면 그 여인이 우리에게 중요한 메시지를 전하기 때문이다. 우울증이 질병이든 아니면 일시적 현상이든 간에, 우울증은 맞서 싸우거나 무조건 몰아내야 할 상대가 아니다. 만약 그렇게 대처한다면 우울증은 더 강력해질 것이다. 우리가 우울증을 수용할 때 비로소 우울증을 변화시킬 수 있다. 그리고 그래야만 우울증과 대화가 가능해져, 우울증이 전하고자 하는 이야기와 메시지를 물을 수 있다.

우울증 전문가로 스위스의 정신과 의사인 다니엘 헬은 우울증이 다양한 메시지를 전할 수 있다고 설명한다. 우울증은 우선 과도한 자기 기대에 대한 경고의 메시지, 자신이 항상 완벽해야 하고 성공적이고 쿨하고 독립적이며 매사를 통제할 수 있고 늘 긍정적이어야 한다는 기대에 대한 경고의 메시지다. 정도를 모르는 자기 기대에 대한 저항이다. 따라서 우울증에 물어야 할 첫 번째 질문은 다음과 같다. 저항하고 거부하는 대상이 무엇인가? 내가 경험하는 우울증이 의미가 있고, 내 자신에 대한 진실을 발견하고 그 진실과 화해하기 위해 내 영혼이 우울증이라는 방식을 택했다는 사실에 대한 믿음을 가져야 한다.

우리 대다수는 뿌리를 잃어버리면 우울해진다. 그런 의미에서 우울증은 우리의 뿌리를 재발견하고, 신앙과 가족과 조상들에게서 찾은 나의 뿌리를 통해 새로운 삶의 에너지와 신앙에 대한 열정을 찾도록 우리를 초대한다. 이때 조상들의 뿌리와 만나기 위해서는 적절한 명상법을 활용하는 것이 도움이 된다. 우리가 뿌리를 잃어버리는 이유는 대부분 지나치게 크고 잦은 이동성 때문이다. 우리는 빠른 속도로 한 곳에서 다른 곳으로 이동하며, 수시로 직장이나 삶의 터전을 바꾼다. 이때 우울증은 삶의 속도를 살펴보고 고향 그리고 삶이라는 나무가 뿌리 내릴 수 있는 진정한 나의 터전에 대한 욕구를 표현하기도 한다.

우울증이 전하는 또 다른 메시지로는 정도를 모르는 삶의 태도에 대한 경고이다. 우리는 무엇이든 너무 많은 것을 원하며, 지나치게 많이 일하며, 지나치게 많이 소유하며, 매사에 끼어들고 싶어하며, 어떤 모임에든 참여하려는 등 정도를 몰라 스스로를 지치게 한다. 우울증은 자신의 정도를 발견하고 만족할 줄 알아야 한다는 사실을 알려주려고 한다. 정도를 모르는 우리의 모습에는 고통을 거부하며 성공만 바라는 것도 포함된다. 고통을 억누르려는 사회에서 고통을 겪고 있는 사람은 금방 우울증이나 정신질환에 걸린 느낌을 받는다. 그러나 고통은 인간 삶의 중요한 한 부분이다. 우울증은 때로는 고통을 겪기도 하는 인간인 나 자신을 받아들여야 한다고 경고한다.

그렇다면 고통을 느끼고 있다면 어떻게 도움을 받을 수 있는가? 주변에서 누군가가 우울증에 걸려 고통스러워한다면 우울증을 긍정적으로 변화시키기 위해 어떻게 도와줄 수 있을까?

변화를 위한 방법들

한 가지 방법은 우울증에 대하여 누군가에게 털어놓는 것이다. 물론 상대가 우울증을 치료해주지는 못한다. 하지만 우울증에 걸린 사람이 우울증에 대해 이야기를 한다는 점이 중요하다. 왜냐하면 우울증에 대한 이야기를 시작하면, 우울증에 걸린 사람은 자신의 우울함으로부터 거리를 두기 때문이다.

만약 우울하다면, 우울증을 자세히 살펴보아야 한다. 우울증을 바라보는 기준점은 우울증에 의해 지배 받지 않는 지점이다. 우울증을 바라보는 것으로 우울증의 통제력으로부터 벗어나게 된다. 그리고 우울한 감정으로부터 거리를 확보할 수 있게된다. 거리를 두는 것은 매우 중요한 일이다. 왜냐하면 우울증은 단번에 떨쳐버릴 수 있는 게 아니다. 우리는 우울증을 받아들여야 한다. 그래야만 우울증을 변화시킬 수 있다.

우선 무절제, 고통, 사랑하는 사람의 상실, 일자리 상실, 큰실망 등에 대한 반응인 일명 '반응성 우울증'을 어떻게 변화시킬 것인지 살펴보자. '반응성 우울증'은 우울증이 전하고자 하는 메시지를 제대로 이해한다면, 나 자신 그리고 내가 처한 상황을 정확하게 바라볼 수 있는 맑은 시야로 변화될 수 있다. 우울증은 대부분의 경우 사람을 경직시킨다. 그러다가 경직된 상태가 풀어지면 슬픔을 느끼며 눈물을 흘린다. 우울증을 겪는 사람이 눈물을 쏟아내게 되면 우울증은 내적 정화의 계기가 된다. 잘못 설정된 자기상, 자기 기대로부터 정화되는 계기가 된다. 독일의 시인 크리스티안 모르겐슈테른은 "모든 질병은 각각 의미가 있다. 왜냐하면 질병은 정화의 계기가 되기 때문이다. 무엇으로부터 정화되어야 할지를 찾아내기만 하면 된다."라고 말한 적이 있다. 다시 말해 우울증이 무엇으로부터 우리를 정화시킬 것인가를 생각해보아야 한다. 그런 다음에야 우울증이 변화될 수 있다. 우울증은 삶에 대한 잘못된 기대 그리고 잘못된 자기 기대, 부정적인 시각으로부터 우리를 정화시켜줄 수 있다.

죄책감과 우울증

우울증은 죄책감과 함께 나타나는 경우가 많은데, 이는 쉽게 확인이 가능하다. 우울증은 종종 모든 것에 대한 죄의식으로 표출된다. 남편의 사업 실패가 자기 때문이라고 자책하는 우울증에 걸린 여인을 본 적이 있다. 사실 그녀는 남편의 사업에 전혀 관여한 적이 없다. 이럴 때 우리는 어떻게 대처해야 할까? 이때도 죄책감을 허용하고 하느님에게 맡겨야 한다. 하느님의 사랑이 죄책감을 가득 채우면 죄책감이 사라지게 된다.

죄책감을 사라지게 하는 데 도움이 되는 또 다른 방법으로 나는 요한의 첫째 서간 3장 20절을 읽거나 암송하라고 권한다. "사랑을 실천하지 못해서 양심의 가책을 느껴 마음이 우리를 단죄하더라도 그렇습니다. 하느님께서는 우리의 마음보다 크시고 위대하시고 또 모든 것을 아시기 때문입니다." 이 구절을 내 죄책감을 향해 읊으면 죄책감이 조금씩 사라지는 느낌을 받는다.

어떤 종류가 되었든 간에 우울증으로 고통을 받는다면, 그 상황을 그대로 수용하고 자신의 무기력함을 인정해야 한다. "정말 아무것도 하고 싶지 않다. 그냥 계속 이렇게 누워 있고 싶다." 이렇게 인정을 하고 난 다음, 질문을 해보는 것이다. "정말로 살아갈 이유가 없는가? 내게 즐거움을 주는 게 세상에 단 한 가지도 없는가?" 무기력한 상태에 빠져 있는 나 자신에게 이런 질문을 던짐으로써 삶을 완전히 포기하지 않고 다시 한번 기운을 내볼 만한 의욕을 찾아낼 수 있다. 만약 그 의욕이 너무 약하다면, 예수님이 자신을 이해해주는 사람도 자신을 돌봐주는 사람도 없다고 불평만 했던 병자에게 하셨던 말씀의 도움을 받아보자. "일어나 네 들것을 들고 걸어가거라."(요한복음 5장 8절) 예수님은 병자의 불평에 대응하지 않고, 아무것도 할 수 없는 병자이지만 그 안에 내재되어 있는 능력을 발휘할 것을 요구하셨다.

비통함 또는 화해

현대 의료계에서는 항상 그런 것은 아니지만 종종 의약품을 과잉 처방하는 경우가 있다. 분명 상담만으로 호전될 수 없는 우울증도 있다. 그런 경우에는 약물치료가 반드시 필요하다. 약물의 힘을 빌려도 우울 증세가 호전되는 듯하다가 다시 심해지는 경우도 많다. 이런 경험을 반복적으로 하다 보면 좌절하게 되며 주변 사람들에게 짐이 된다는 생각을 하게 된다. 그러나 이러한 종류의 우울증 역시 변화될 수 있다. 우울증에 걸린 사람이 우울증을 선택한 것은 아니다. 어떤 경우에는 우울증이 유전되기도 한다. 어쨌든 우울증으로 고통을 받는 이상 우울증에 대처해야 한다. 우선 우울함을 내 주변 환경에 대한 불만으로 변화시키는 대처 방식이 있다. 내가 이렇게 우울한 이유는 전적으로 다른 사람들 때문이다. 그들은 나를 이해하지 못한다. 그들은 나를 위해 시간을 내주지 않는다. 그들은 나를 홀로 버려 놓는다. 이러한 태도를 취하게 되면 우울함이 비통함으로 변하게 되고 내 주변 사람과 환경에까지 부정적 영향을 미치게 된다. 또 다른 대처 방식으로는 우울함과 화해를 하는 방법이 있다. 이 경우에는 우울함에도 불구하고 더 깊이 있는 통찰력을 가진 인간으로 발전할 수 있다. 표면적이고 깊이가 없는 사람이 아니라, 인간의 가장 깊은 곳까지 들여다볼 수 있는 사람이 되는 것이다. 예술사를 뒤흔든 위대한 예술가들 중에는 우울증에 시달렸지만 명작을 남긴 사람들이 있다. 신학자였던 로마노 과르디니 역시 이러한 대처 방식으로 우울증을 극복하였다. 그는 우울함에 대한 책을 쓰기도 했다. 과르디니는 자신의 영혼을 억누르는 극심한 우울증에 시달렸다. 동시에 "억누르는 힘이 사라지고, 스스로를 고립시켰던 마음이 풀어져 마음이 가벼워진다는 사실, 인간으로서의 내 존재가 떠오른다는 사실, 그리고 모든 사물과 존재가 투명해지고 시야가 맑아진다는 사실을 경험"하였다.(『우울한 마음의 의미』 41쪽) 과르디니는 우울함이 이와 같은 영적 경험의 계기가 되었고, 이를 통하여 우울함이 변한다고 했다. 신비주의자였던 십자가의 요한 성인은 이러한 영적 경험을 '영혼의 어두운 밤'이라고 표현하였다. 원래 어두운 밤은 우울함과는 전혀 다른 개념이다. 그러나 우울함을 하느님 앞에서 인정한다면, 우울한 시간은 어두운 밤으로 변하게 된다. 내가 설정한 하느님의 모습과 나 자신의 모습에서 벗어나 정화되며 하느님의 비밀 그리고 인간의 비밀에 대해 직시할 수 있는 밝은 눈을 갖게 해주는 어두운 밤으로 변하게 된다.

우울증 환자가 자살할지도 모른다는 두려움은 우리로 하여금 종종 우리의 한계를 넘어 어떤 상황에서도 우울증 환자가 자살하지 못하도록 지켜주어야 한다는 생각을 갖게 한다. 그러나 우리는 우리의 한계를 인정해야 한다. 목숨을 끊는 것은 우울증 환자의 선택이다. 만일 자살을 막지 못했다 하더라도 죄책감을 가져서는 안 된다.

좌절에서 희망으로

우울증 환자가 스스로를 짐이라 여기지 않고 우울증의 의미를 찾도록 돕는 방법은, 그가 여러 사람을 대표해서 우울증을 앓고 있다고 생각하게 하는 것이다. 그렇게 되면 우울증도 의미를 갖게 된다. 나는 더 이상 다른 사람들에게 짐이 되지 않는 것이다. 우울증 때문에 좌절하지 않고 다른 사람들을 대신해 우울증을 감당함으로써 다른 사람들에게 기여한다고 생각하는 것이다. 독일 작가 엘리자베스 오트는 영혼의 어두운 밤에 관하여 기술한 저서에서 이 방법을 소개하였다. 오트는 마틴 루터가 앓았던 우울증을 예로 들었다. 그러면서 루터에 관한 책을 쓴 독일의 심리학자 에릭 에릭슨의 글을 인용하였다. 그는 루터가 우울한 시기를 보내면서 "그가 살았던 시대의 불쾌한 일을" 담당했다고 표현하였다. 루터가 겪은 우울증은 개인의 경험이었지만, 우울증 덕분에 세상을 향해 매우 중요한 사실을 선포하였다. 엄격한 심판의 하느님에 대한 두려움, 당시 사람들을 고통스럽게 했던 그 두려움으로부터 벗어나는 해방의 길을 선포한 것이었다.

독일의 작가 라인홀트 슈나이더(나치 지배하에서 집필 금지를 당했으나 굴하지 않고 견디어낸 작가-옮긴이) 역시 동시대를 살아가는 사람들의 고통을 대신해 겪었다는 의미에서 유사한 우울증을 경험하였다. 슈나이더는 역사의 부조리함과 위선적인 신앙으로 인해 느껴야 했던 고통을 동시대인들을 대표해 겪었다. 이러한 태도는 오늘날에도 우울증을 수용하고 인정하는 데 도움이 될 수 있다. 우울증에 걸렸다고 해서 패배자나 주변 사람들에게 짐이 되지는 않는다는 것이다. 우울증이 나에게 주어진 숙제 즉, 세상의 가장 어두운 부분을 밝혀야 한다는 숙제가 되기 때문이다. 우울증을 대하는 태도가 이렇게 바뀌고 나면 우울증이 갖고 있는 억누르려는 힘이 사라진다. 오히려 내가 대표로 짊어지고 있는 우울함을 경험했어야 할 다른 사람에 대한 사랑의 마음을 갖게 된다. 우울증을 앓는 사람들은 무조건 성공해야 한다는 사고방식, 정신적 그리고 신체적으로 건강해야 한다는 집착 등에 대한 저항이자 거부감을 몸소 보여주는 사람들이라고 할 수 있다. 따라서 '건강한 사람'들을 향해 중요한 메시지를 전달하고 있는 것이다.

다시 말해 우울함을 변화시킨다고 해서 우울함이 완전히 사라지는 것은 아니다. 우울증은 그대로이지만 짐스러웠던 우울함은 희생의 표현으로, 절망에서 희망으로, 어둠에서 밝음으로, 그리고 슬픔에서 내면의 깊은 평안으로 바뀌는 것이다. 우울증은 하느님을 외면하던 자리에서 하느님에게로 가까이 나아가게 해주며 우리의 모든 상상을 뛰어넘는 하느님을 경험하게 해줄 수 있다.

명
상
법

　　우울증을 변화시키는 방법으로 에바그리우스 폰티쿠스라는 고대 수도
사이자 심리학자의 '문지기 훈련'을 소개하고자 한다. 우선 편안하게 앉아야
한다. 그다음 내가 경험했던 우울한 기분을 마음속에 재현해보는 것이다. 우
울함 속에서 마음에 떠오르는 모든 생각들을 마음껏 올라오게 내버려 두면
된다. 그러고 난 후 내 마음의 문을 두드리고 있는 모든 생각들을 향해 질문
을 던지는 것이다. 나에게 우호적인 생각인가? 나에게 어떤 이야기를 하려고
나타난 생각일까? 어떠한 그리움을 감추고 있는 생각일까? 혹시 내 마음의
집에 들어와 주저앉은 다음 내 집을 차지하려고 나타난 것인가?

　　만약 나에게 유익하지 않은 생각이라고 판단이 되면 마음의 문을 열
어주지 않으면 된다. 그러한 생각은 돌려보내면 된다. 이렇게 한참을 앉아서
마음의 문을 두드리는 모든 생각들을 찬찬히 점검하면서 각각의 의미와 전
하려는 메시지를 확인하다 보면, 마음속으로부터 평온함을 느끼게 될 것이
다. 우울한 기분 때문에 두려워할 이유도 사라진다. 우울한 기분은 언제든지
나를 찾아올 수 있다. 그러나 내 마음속 집의 주인은 나다. 어떤 생각과 감정
을 집 안으로 들일 것인지 아니면 돌려보낼 것인지는 내가 결정하는 것이다.

조바심을
평온함으로
바꾸기

우리는 종종 조바심 때문에 괴로워한다. 예를 들어 뷔페에서 줄을 서서 기다리는데, 바로 앞 사람이 치즈를 선택할지 소시지를 선택할지 결정을 내리지 못하고 망설이느라 뒤에 있는 사람들을 기다리게 하는 경우가 있다. 늦었지만 다행스럽게 그는 소시지를 선택했는데, 그다음에는 어떤 소시지를 먹을지 고르느라 또다시 지체하고 있다면 그야말로 속 터질 일이다. 이런 경우도 있다. 퇴근 후 마트에서 장을 보고 계산대 앞에 줄을 서서 보니, 분명 하루 종일 아무 할 일도 없었을 것 같은 나이 많은 노인들이 내 앞에 서 있는 것이다. 피곤한 직장인에게는 정말 속 터지는 상황이다. 그렇지 않아도 아내가 쇼핑하는 게 늘 못마땅했던 남편을 세워두고 자신의 옷의 색상과 디자인 때문에 한참을 고민하는 것을 보게 되면, 결국 부부 싸움까지 일어난다. 정말 마음 불편한 순간들이다.

누구나 인내심이 강한 것은 아니다. 극장 매표소나 공항 체크인 창구 앞에 늘어선 줄에는 어김없이 인내심이 바닥난 사람들이 보인다. 조바심이 난 사람들은 문자나 이메일에 바로 답장을 해주지 않으면 화를 낸다. 이메일을 보내놓고 답장이 없으면 답장을 하라고 또다시 이메일을 보낸다. 그런 사람들은 상대방을 있는 그대로 받아들이지도 못한다. 상대방이 바뀌어야 한다고 생각한다. 근무 태도나 대화하는 방식을 바꿔야 한다고 생각한다.

조바심을 내는 사람에 대한 평가는 명백하다. 전통적으로 조바심은 미덕으로 간주되지 않는다. 부정적인 감정을 불러일으키기 때문이다. 소설가 프란츠 카프카는 이렇게까지 표현했다. "모든 악은 조바심으로부터 시작된다." 초조하고 조바심을 내는 사람들은 다루기 힘든 종류의 사람들이다. 같이 일하기 어려운 사람들이다. 조바심에는 대개 공격성과 부적절한 기대가 뒤따른다. 그런 사람들은 상대에 대해 구체적으로 기대하는 바가 있으므로, 그것을 요구하기도 한다.

인재 채용시 인사 담당자들이 즐겨 던지는 질문 중 하나는 "당신의 약점은 무엇이라 생각하나요?"이다. 이 질문에 구직자들이 내놓는 가장 현명한 대답은 "종종 인내심이 부족"하다는 대답이다. 종종 조바심을 내고 인내심이 부족한 직원들이 일을 추진력 있게 진행시키고 변화를 일으키는 에너지를 제공한다는 속설이 있어서이다. 그러나 실상은 기다릴 줄 모르고 냉정함을 유지할 줄 모르는 사람, 상황을 조용히 그리고 차분하게 점검할 줄 모르는 사람이 직장 내 많은 문제를 일으킬 수도 있다.

기다림을 인정하고, 그냥 기다리기

조바심은 기다릴 줄 모르는 데서부터 시작된다. 그렇다면 어떻게 조바심을 인내로 변화시킬 수 있을까? 몇 가지 사례를 통해 그 방법을 설명하겠다. 먼저 마트 계산대 혹은 공항 체크인 창구 앞에 줄을 서서 기다리는 상황에서 조바심이 어떻게 변화될 수 있는지 살펴보자. 내 안에서부터 올라오는 조바심을 인지해보자. 기다리는 것이 힘들어진다. 이때 이렇게 생각하는 것이다. 조바심을 낸다고 해서 내 차례가 더 빨리 찾아오는 것은 아니다. 만약 새치기를 한다면, 줄 서 있는 다른 사람들이 나의 행동에 대해 공격적으로 지탄을 할 것이다. 그러니 조바심이 나는 상황을 인정해야 한다. 나는 줄 서서 기다리는 중이다. 기다리는 동안 나를 위한 시간을 가질 수 있다. 조용히 생각할 시간이 생긴 셈이다. 다른 사람들을 위해 기도하거나 명상을 하거나 또는 내 마음속을 점검할 수 있는 시간이 생긴 것이다. 요즘 대부분의 사람들은 이런 순간을 휴대폰을 이용해 메시지를 확인하고 답장을 하는 데 사용한다. 하지만 그런 식의 시간 사용은 조바심을 변화시키는 데에는 도움이 안 된다. 조바심의 목표만 바뀔 뿐이다. 줄 서느라 조바심이 난 사람들은 이메일이나 문자를 보내면서도 조바심을 낼 것이다. 마음속이 온통 긴장으로 가득하기 때문이다. 조바심은 기다림의 시간을 의식하고 인정할 때, 아무것도 하지 않는 그 순간을 즐길 때에만 변화될 수 있다.

조바심을 신중함으로

두 번째 상황은 이메일로 무언가를 문의한 경우다. 우리는 대개 즉시 답변이 오기를 바라며 조바심을 낸다. 문의한 내용에 대한 답변을 받아야만 다음 날 혹은 다음 주 일정이 결정되기 때문이다. 이때 계속해서 컴퓨터나 휴대폰을 들여다보기보다 지금 해야 할 일들을 처리해보자. 답변은 언젠가 올 것이다. 이렇게 스스로를 다독이면서 말이다. 또다시 이메일을 보내서 답변을 재촉하는 것은 무의미하다. 담당자가 외근을 했거나 출근을 하지 않았을 수도 있다. 아주 시급한 문제라면 담당자의 업무를 대신 처리해줄 다른 직원이 답장을 보내줄 것이다. 그러니 답변이 즉각 돌아오지 않는다고 미쳐 날뛸 필요가 없다. 차근차근 계획을 세워보자. 그리고 지금 처리하는 다른 업무에 집중하는 것이다. 그러면 조바심이 신중함으로 바뀌어 지금 처리하고 있는 일을 보다 잘 처리할 수 있게 된다. 다른 업무에 집중하다가 답장을 받게 되면 기쁜 마음으로 답장을 열어보면 되는 것이다. 굳이 조바심을 내면서 답장이 왔는지 수시로 확인할 필요가 없다.

다른 사람을 있는 그대로 인정하기

세 번째 상황은 매사에 느려 터져서, 결정을 내리지 못해서, 제대로 설명할 줄 몰라서 혹은 핵심을 이야기하지 않고 빙빙 돌려 말해서 짜증 나게 하는 사람을 마주하는 경우다. 그런 사람과 마주할 때면 조바심이 난다. 그런 사람은 나의 소중한 시간을 잡아먹는다. 행동이 느려서 나를 불안하게 만든다. 이런 경우 내 안에서 올라오는 조바심을 느낄 때 잊어서는 안 될 사실이 있다. 나는 상대에 대하여 평가하거나 판단할 권한이 없다. 그는 그런 사람인 것이다. 그리고 그런 사람일 권리가 있는 것이다. 나도 종류만 다를 뿐 단점을 가진 사람이다. 내가 설정한 기준과 틀 안에 다른 사람을 억지로 집어넣어도 되는 것일까? 조금 느리게 행동하면 안 되는 것인가? 느린 것은 상대의 특징이고 삶의 방식일 수 있다. 나는 그를 있는 그대로 인정해야 한다. 동시에 조바심을 느끼는 나 자신도 배려해야 한다. 곧바로 핵심을 이야기하지 못하고 빙빙 돌려 말하는 사람과의 대화가 너무 길어져 괴롭다면 대화를 끝내야 한다. 나에게도 원하는 만큼만 대화를 나눌 자유가 있다. 대화를 끝내버리면 조바심을 낼 필요도 없어진다. 다른 사람을 있는 그대로 인정하는 것은 쉬운 일이 아니다. 그러나 상대를 겉으로든 속으로든 끝없이 비판한다고 해서 그가 달라지는 것은 아니다. 조바심은 모든 것을 내려놓는 태도로 변화될 수 있다. 내려놓는 태도는 다른 사람을 있는 그대로 인정할 수 있게 한다. 중국의 고대 철학에서는 있는 그대로의 상태를 인정하기 위해 평정심이 있어야 한다고 강조한다. 그리고 이러한 태도는 상대에게는 행운이자 복이 된다.

풀을 잡아당긴다고 풀이 더 빠르게 자라는 것은 아니다

조바심을 내는 사람은 마치 자신의 뿌리를 잡아당기는 사람과 같다. "풀을 잡아당긴다고 풀이 더 빠르게 자라는 것은 아니다."라는 아프리카 속담이 있다. 우리는 더 빨리 발전하고 변하길 바란다. 그러나 우리는 자연을 통해 교훈을 얻어야 한다. 나무는 뿌리가 튼튼해야 잘 자란다. 자신의 뿌리를 느끼기 위해서는 조용하고 차분한 순간들을 가져야 한다. 조용히 앉아 이렇게 자문해보자. 무엇이 내 뿌리이고, 내 삶이라는 나무는 무엇을 향해 자라나고 있는가? 이 질문에 대한 답을 찾는 과정에서 내 삶의 에너지를 제공하는 내 삶의 근원이자 자원을 발견하게 된다.

이처럼 조용한 순간에 모든 것이 잘될 것이라는 믿음, 내 모습이 하느님이 허락하신 형상에 점점 더 가까워진다는 믿음이 생긴다. 조바심을 내는 사람은 자신의 뿌리에서 위로 더 자라나지 못하고 분리되고 만다. 이런저런 마음으로 갈피를 잡지 못해 뿌리로부터 제공되는 에너지가 제대로 전달되지 못하는 것이다. 따라서 조바심을 내는 사람은 의식적으로 모든 것을 내려놓고 있는 그대로의 모습을 수용할 시간을 가져야 한다. 그래야만 "내가 도달하고자 하는 목적지가 어디인가?", "내 삶이라는 나무가 잘 자라는 데에 무엇이 도움이 되는가?"라는 질문을 스스로에게 던져볼 수 있다.

명
상
법

조바심이 난다면 스스로를 관찰해볼 필요가 있다. 조바심 나는 마음을 있는 그대로 인지하고 자문해보자. 조바심 나는 마음속에 어떤 그리움과 기대가 숨어 있는가? 모든 것을 빨리 처리하고 싶은 심리, 내 욕구들이 즉각 충족되기를 바라는 심리가 숨어 있는 것은 아닐까? 나는 왜 기다리는 것을 힘들어 하는가? 혹시 기다리는 동안 내가 상황을 통제할 수 없어서 기다리는 것을 두려워하는 것인가? 항상 최고나 일등이 되고 싶은 욕구, 충족되지 않은 유아기의 욕구가 숨어 있는 것은 아닐까? 조바심을 평가하지 말고 그 원인을 살펴보는 것이 중요하다. 조바심을 통해 나 자신을 좀 더 자세히 알게 될 수 있다. 생각지도 못했던 유아적 욕구들이 가득한 내 모습을 발견할 수도 있다. 이렇게 자신을 발견하고 나면 조바심 나는 마음이 나 자신에 대해 모든 것을 허용할 수 있는 여유로 변하게 된다. 때로는 어린아이 같은 욕구를 가진 인간으로서의 나 자신을 좀 더 잘 이해하고 알아갈 수 있게 되는 것이다.

질투가
사랑의 문이 되는
법

'시기와 질투'는 자주 함께 언급된다. 그렇지만 둘은 뚜렷하게 구분되는 개념이다. 시기의 대상은 내가 갖지 못한 것을 가진 모든 사람이 될 수 있다. 질투는 특별한 관계에서 생기는 감정이다. 어느 젊은 부부에게 둘째 아이가 태어났다. 첫째 아이는 동생이 태어나자 부모의 사랑을 독차지하지 못해 공격적인 행동을 보였다. 부모와의 관계가 변했다는 사실을 인정하기란 쉽지 않다. 갓 결혼한 새 신부는 남편의 회사에서 일하는 매력적인 비서를 질투할 수도 있다. 남편은 그 비서에게 여자로서 아무런 매력을 느끼지 못한다고 아내를 안심시켜도 아내의 질투는 점점 더 커질 수 있다. 아내가 남편을 사랑하는 만큼, 남편도 아내를 사랑하는 것일까? 새 신부는 질투로 인해 자기 자신과 남편이 피해를 본다는 사실을 알고 있다. 남편의 입장에서는 아내를 안심시키는 것도 계속하다 보면 짜증이 나는 일이다. 아내는 질투 때문에 스스로를 괴롭힌다는 사실을 알면서도 질투에서 쉽게 헤어 나오지 못한다. 아내는 온갖 상황들을 상상하며 남편의 소지품을 몰래 뒤지기도 하고 수시로 회사에 전화해 남편의 위치를 확인하고 이메일을 훔쳐볼 것이다. 물론 이 모든 것이 잘못되었다는 사실을 알면서도 말이다.

여자의 질투는 남자가 특정 여자에게 관심을 보일 때로 국한되지 않는다. 여자들에게 인기가 많은 남자도 여자의 질투를 자극할 수 있다. 빼어난 미모로 많은 남자들의 주목을 받는 여자 역시 남자의 질투를 불러일으킬 수 있다.

질투는 부부나 친구 사이에서 발생하는 감정이다. 질투는 상처 받는 것에 대한 두려움과 자기 가치와 깊은 관련이 있다. 또한 고통과 상실감과도 관련되어 있다. 질투 때문에 괴로워하는 사람들은 마치 질투의 '공격'을 받는 듯한 느낌을 받는다. 그리고 질투의 늪에 점점 더 깊이 빠져드는 느낌을 받는다. 우리는 질투가 '증폭'된다는 표현을 사용하기도 한다. 이처럼 질투는 이성적으로 극복하려 해도 쉽게 극복되지 않는다. 질투는 고통스러운 감정이다. 불공정한 대우를 받는다는 인상을 지울 수 없게 된다. 그리고 사랑을 갈구하게 된다. 질투라는 괴로운 감정에는 사랑의 감정도 숨어 있다. 문제는 사랑의 감정과 함께 화가 난다는 것이다.

상처 입은 자존심과 경고

친구 관계 그리고 남녀 관계에서 질투는 인정하기 싫은 감정이다. 그리고 자존심을 건드리는 감정이기도 하다. 상대가 내가 느끼는 감정을 느끼지 못할까 불안해하고 두려워하는 마음이다. 사실 상대가 "당신의 문제는 바로 그 질투심이야. 질투할 이유가 전혀 없어. 모든 것이 당신의 착각이고 상상이야. 질투의 원인은 내 태도와 무관해."라고 말해주는 것은 도움이 안 된다. 질투를 하는 사람은 질투가 객관적으로 정당한지 아니면 그렇지 않은지 판단하기 어렵다. 질투는 극히 주관적인 감정이다. 사실 정확한 감정은 아무도 모르는 일이다. 남편이 주변 여자들에게 실제로 성적 매력을 어필해 인기가 좋은 것은 아닐까? 아니면 내 상상력이 지나친 것일까? 어느 쪽이 진실이든 간에 질투를 느끼는 아내는 스스로 아주 작은 존재가 된 듯한 느낌을 받는다. 남편과의 관계가 불안정해지고 위기에 처했다고 생각하게 된다. 남편을 자신이 독차지하며, 다른 여자들과 나누지 않는 것은 아내로서 너무나 당연한 요구이지 않은가? 서로에게만 집중하는 것이 사랑 아니었던가? 남편이 아내를 안심시키려 아무리 애를 써도 아내는 질투 때문에 고통스러워한다. 아내는 그런 남편이 오히려 자신의 질투를 진지하게 여기지 않는다고 섭섭해한다.

감정을 진지하게 받아주기

그렇기 때문에 질투는 질투를 느끼는 당사자가 스스로 다루어야 하는 감정이다. 상대방이 뭐라 하든 그리고 어떻게 반응하든 간에 당사자가 풀어야 할 숙제다. 중요한 것은 상대방이 질투에 대해 내리는 판단이나 평가에 얽매여서는 안 된다는 것이다. 질투심 때문에 고통을 받는 한 여성이 나에게 도움을 청한 적이 있다. 나는 그녀에게 이렇게 조언해주었다. "본인 스스로 자신의 감정을 진지하게 받아들여야 합니다. 우선 남편이 당신을 사랑한다는 걸 당신도 알고 있어요. 당신이 느끼는 질투를 자세히 살펴볼 필요가 있습니다. 당신은 아마도 남편을 독차지하고 싶어할 겁니다. 물론 불가능한 일입니다. 남편을 가둬놓을 수는 없으니까요. 남편은 계속해서 다른 여성들과 연락을 하기도 하고 대화를 나눌 거예요. 그러니 당신 마음속 질투심을 인정하고, 그 질투를 두 사람의 관계를 축복해달라고 기도하는 계기로 삼으세요. 질투가 두 사람의 관계를 위한 기도의 자리로 당신을 초대한다면, 질투는 점차 신뢰로 변할 것입니다."

질투를 한다는 것은 상대를 사랑한다는 의미이기도 하다. 때문에 질투는 달콤한 과일이 가지고 있는 신맛에 과일의 맛을 더해주듯 관계에 활력을 더해주기도 한다. 약간의 질투는 생동감 넘치는 관계를 만드는 데 도움이 된다. 물론 지나치게 많으면 위험해지고 상처를 준다.

독일어로 질투를 의미하는 'Eifersucht'라는 합성어를 구성하는 단어 'Eifer'는 '어떤 일을 달성하기 위해 온 정성을 쏟는 열심'을 뜻한다. 사람들은 무언가를 이루고 완성시키기 위해 이러한 '열심'을 낸다. 성 베네딕토는 이중적인 열심의 원리를 소개하였다. 그가 말한 열심은 라틴어의 젤루스를 번역한 단어다. "우리를 하느님으로부터 갈라놓고 지옥으로 인도하는 사악한 열심이 있는가 하면, 우리를 죄악으로부터 갈라놓고 하느님과 영원한 생명으로 인도하는 선한 열심도 존재한다. 수도사들은 뜨거운 사랑으로 이 선한 열심을 실천해야 한다."(베네딕토 규칙서 72장 1-3절)

자각하면 도움이 된다

'질투'는 사악하고 부정적인 열심을 의미한다. 이 열심은 사람을 중독시킨다. 실제로 질투는 일종의 중독이다. 괴테는 "질투는 열심을 다해 고통을 가져다주는 것을 찾아다니는 열정"이라고 표현하기도 하였다. 질투의 결과는 대부분 고통이다. 질투에 눈이 먼 여자, 질투에 사로잡힌 남자는 스스로를 괴롭게 한다. 또한 배우자나 친구들에게 고통을 준다. 그렇다고 해서 상대를 향해 질투한다고 비난하는 것은 아무런 도움이 되지 않는다. 질투할 이유가 전혀 없다고 하더라도, 논리적인 근거를 들이대거나 상대를 윤리적인 차원에서 비판한다는 것은 질투를 긍정적으로 변화시키지 못한다. 오히려 질투는 더 증폭된다.

한 사례를 살펴보자. 젊은 남편이 아내에게 남편의 오랜 친구가 이틀 간 집에서 머물다 가도 괜찮겠냐고 물었다. 남편의 친구는 여자였다. 아내는 좋다고 했다. 아내는 남편의 친구에 대한 이야기를 들어서 잘 알고 있었고 남편의 사랑에 대해 전혀 의심이 없었기 때문이다. 그러나 막상 남편의 친구가 집에 와 함께 지내게 되자, 아내는 견딜 수가 없었다. 아내는 자신의 의지와 상관없이 강력한 질투심에 사로잡혔다. 그녀는 자신이 무기력하게 질투심에 정복당한 듯했다. 아내는 갑자기 남편이 오랜 친구인 그 여성을 혹시 과거에 사랑했었고 다시 사랑하게 되는 것은 아닌지, 아니면 이제 와서 사랑하게 되는 것은 아닌지 걱정하기 시작했다. 아내는 남편과 그 여성이 나눈 추억들, 그녀는 낄 자리가 없는 그 기억들에 대해 생각했다. 이렇게 생각하는 것에서부터 질투를 해결할 수 있는 실마리를 찾을 수 있었다. 질투를 무조건 억누른다면 결코 질투에서 벗어날 수가 없다. 그렇다면 질투를 구체적으로 어떻게 변화시킬 수 있을까?

질투의 원인에 대해서 묻기

질투심과의 대화가 바로 첫 번째 단계다. 내 질투가 배우자나 연인의 행동 때문에 일어났는지 묻는다. 대부분의 경우 질투를 느끼는 사람들은 배우자나 연인이 자신을 변함없이 사랑하고 있으며 질투를 느낄 특별한 이유가 없다는 사실을 알고 있다. 그럼에도 불구하고 질투심에서 벗어나지 못하고, 오히려 질투심이 더 커지는 경험을 하게 된다. 그래서 그런 자신에 대해 화를 내지만 달리 방법이 없는 것이다. 이때 질투심과 대화를 하게 되면, 자기 자신 그리고 자신의 이성으로 돌아갈 수 있는 기회가 생긴다. 대화를 통해 질투심을 정확하게 파악해나가는 것이다. 도대체 질투심이 어디에서부터 시작되었는지 알아보는 것이다. 어쩌면 어린 시절의 외로움, 거절 당하고 관심을 받지 못했던 기억 등이 원인인지도 모른다. 여자가 배우자로 인해 느끼는 질투는 많은 경우 아버지와 좋은 관계를 맺지 못한 데에 기인한다. 아버지가 가족들에게 신뢰를 주지 못했거나 가족을 제대로 돌보지 않았다면, 아버지의 그러한 모습이 배우자에게 투영되는 것이다. 남자가 배우자 때문에 경험하는 질투의 원인도 비슷하다. 많은 경우 양면성을 지닌 어머니와의 관계가 질투의 원인으로 작용한다. 질투의 원인을 찾아냈다고 해서 그것이 질투에 대한 핑계가 될 수는 없다. 그러나 적어도 질투를 이해할 수 있게 된다. 질투를 이해하는 순간, 질투를 제대로 다룰 수 있게 된다. 다시 말해 나 스스로를 정죄하고 판단하기를 그만둘 수 있다.

안정감에 대한 그리움

질투는 안정감과 긴밀하게 연결된 감정이다. 따라서 인생의 수많은 경험들, 삶의 스토리와 깊은 연관성이 있다. 어린 시절 부모 양쪽과 균형 있는 깊은 신뢰관계를 경험한 사람은 훗날 질투심에 시달릴 확률이 그렇지 않은 사람보다 낮다. 그렇다고 해서 질투의 원인과 발생 배경에만 몰두할 일은 아니다. 그다음 단계에서는 질투심이 내포하고 있는, 해결되지 못한 그리움이 무엇인지 찾아내야 한다. 질투라는 단어가 내포하는 의미인 중독은 채우지 못한 그리움을 가리킨다(질투(Eifersucht)라는 독일어는 열심(Eifer)과 중독(Sucht)의 합성어-옮긴이). 내가 느끼는 질투를 정죄하지 말고, 질투 안에 숨겨져 있는 그리움을 찾아내야 한다. 배우자나 연인을 홀로 소유함으로써 그가 나만 바라보고, 모든 시간을 나와 함께 보내며, 나 혼자만 매력적으로 봐주기를 바라는 그리움일 수 있다. 만약 이 그리움을 허용하고 그 결말에 대해 생각해보면, 내가 바라는 것이 비현실적이라는 사실을 깨닫게 된다. 아내나 남편을 가둬 놓을 수 없기 때문이다. 만약 내가 바라는 바가 이루어진다고 해도 그 관계는 지루하고 불행해질 것이다. 한번은 자기 친구들과 대화를 나눌 때 남편이 질투를 심하게 한다는 어느 여인의 이야기를 들은 적이 있다. 남편은 그녀가 항상 자기 옆에 붙어 있기를 원했다고 한다. 문제는 남편이 아내와 단둘이 있을 때에는 대화를 하지 않는다는 것이었다. 남편이 자기와 대화하기는커녕 TV만 본다고 하였다. 남편은 아내를 소유하고 싶어했다. 이처럼 지나친 질투는 인간관계를 차단하고 손상시킨다.

신뢰가 없는 사랑은 죽은 사랑이다

질투 이면에 숨겨져 있는 그리움을 찾아내고 나면, 질투 이면에 큰 사랑이 존재함을 알게 된다. 질투를 하는 것은 상대를 사랑하기 때문이다. 그러나 이 사랑에는 비현실적인 기대가 따른다. 홀로 상대를 소유하고, 항상 내 곁에 둘 수 있을 것이라는 기대 말이다. 따라서 질투의 감정을 배우자나 연인에 대한 믿음을 달라고 하느님에게 기도할 수 있는 계기로 삼으면 좋을 듯하다. 관계를 지켜주고 서로에게 충실할 수 있게 해달라고 기도할 수 있는 계기 말이다. 질투는 사랑의 본질에 대해 생각해볼 수 있는 기회를 주기도 한다. 사랑은 우리에게 주어진 선물이다. 그리고 사랑은 사랑하는 상대를 늘 가까이에 두고 싶어하는 마음을 가지고 있다. 그래서 사랑에는 신뢰가 전제되어야 한다. 만약 사랑하는 관계에서 상대를 통제하려고 한다면, 그 사랑은 죽은 사랑이다.

질투의 쓴맛이 사라지게 하는 법

질투가 마음껏 활개 치도록 내버려 두는 것은 무의미하다. 그것은 상대방에게 지옥이다. 그렇다고 질투를 무조건 억눌러 버리는 것도 불가능하다. 억누르려 하면 할수록 고통은 지속될 것이다. 질투는 억눌러도 계속해서 다시 고개를 들 것이기 때문이다. 따라서 질투를 사랑으로 변화시켜야만 한다. 그러기 위해서는 내 마음속 질투를 하느님에게 내맡겨야 한다. 하느님 앞에서 질투를 다스릴 수 없음을 인정해야 한다. 질투는 이미 내 마음속에 자리 잡은 상태이다. 그리고 나를 지배하고 있다. 나는 질투를 바라보며 질투를 하느님의 빛 아래 내려놓음으로써, 하느님의 빛과 사랑이 질투를 감싸 안고 변화시키게 해야 한다.

하느님의 사랑 아래로 질투를 충분히 노출시켜 하느님의 사랑이 질투에 녹아든다고 상상하면, 질투는 그 쓴맛과 힘을 잃어버리게 된다. 그렇게 되면 질투는 사랑의 문이 된다.

때로는 정지 표지판이 필요하다

그런데 질투를 하느님에게 내맡긴다, 하느님의 사랑에 노출시킨다는 말은 구체적으로 어떻게 하란 말인가? 아주 간단하다. 질투를 관찰하면서 질투심으로부터 거리를 두는 것이다. 질투를 자세히 들여다본 후 "그만"이라고 말하는 것이다. 질투가 사랑으로 변하기 위해 때로는 정지 표지판이 필요하다. 계속해서 질투의 감정 속으로 더 깊이 빨려 들어가게 되면, 예컨대 남편이 여비서와 무슨 대화를 나눌지 머릿속으로 그리면서 남편이 여비서를 사랑스럽게 바라보고 심지어 다정하게 그녀의 얼굴을 어루만지는 장면이 상상된다면 "그만"이라고 외쳐야 한다. 질투의 늪으로 빠져 들어가는 것은 아무런 유익이 없다. 질투심만 더 커질 뿐이다. 그리고 감춰져 있던 질투는 어느 날 갑자기 폭력이나 기타 부정적 감정들과 함께 표출될 수 있다. 여자만 질투를 느끼는 것은 아니다. 남자 역시 질투를 느끼지만, 인정하기를 싫어한다. 그래서 질투심을 분노, 증오, 공격성으로 변화시킨다. 수많은 소설과 연극이 이러한 질투를 다루고 있다.

성서 역시 질투에 대해 이야기하고 있는데, 마르타와 마리아 자매의 이야기를 예로 들 수 있다. 예수님은 두 여인과 친한 사이였다. 어느 날 예수님과 제자들이 이 자매의 집을 방문하였다. 마르타는 예수님과 제자들을 위해 음식을 준비하느라 분주했다. 그런데 마리아는 예수님의 발아래 앉아 예수님이 하시는 말씀에 귀를 기울였다. 그러자 마르타가 화가 났다. 동생이 도와주지 않아 혼자 음식을 준비하던 언니 마르타는 예수님 곁에 앉아 있는 동생에게 질투를 느끼며 말했다. "주님, 제 동생이 저 혼자 시중들게 내버려 두는데도 보고만 계십니까? 저를 도우라고 동생에게 일러주십시오."(루카복음 10장 40절) 그러나 예수님은 마리아의 행동이 옳다고 하셨다. "마르타야, 마르타야! 너는 많은 일을 염려하고 걱정하는구나. 그러나 필요한 것은 한 가지뿐이다. 마리아는 좋은 몫을 선택하였다. 그리고 그것을 빼앗기지 않을 것이다."(루카복음 10장 41-42절) 이 이야기는 여러 해석이 가능하다. 우선 마리아와 마르타는 우리의 양면성을 보여준다고 할 수 있다. 또 다른 시각에서는 이 이야기가 자매간 질투에 관한 것이라고 해석할 수도 있다. 예수님의 대답은 다음과 같은 의미를 갖는다고 해석할 수도 있다. "지금 네가 하는 일에 집중하거라. 지금 너는 음식을 준비하고 시중을 드는 일이 중요하다고 여기면서 최선을 다하고 있다. 우리 모두 네 수고에 고마워하고 있다. 그러나 동생 역시 자신이 중요하다고 생각하는 일을 하도록 내버려 두어라. 마리아는 내가 전하는 말씀을 듣고 싶어 한 것뿐이다. 음식을 준비하는 것이나 말씀을 듣는 것 모두 중요한 일이다. 상대방이 하는 행위와 상대방이 다른 사람에게 느끼는 친밀감 때문에 질투해서는 안 된다."

　　질투는 자기 자신에게 집중하는 것 그리고 나의 관심을 다른 사람의 생각이나 행위, 다른 사람이 가진 것에 두지 않는 것에서부터 시작해 변화될 수 있다. 마르타와 마리아의 이야기는 다음과 같이 해석해볼 수도 있다. 마리아가 언니 마르타에 대해 조금만 더 신경을 쓰고 그녀를 배려했다면, 마르타는 질투를 하지 않을 것이다. 여기에서 알 수 있듯이 질투는 관련된 두 사람 모두의 숙제다. 한 사람이 전적으로 풀어내야 하는 문제가 아니다. 질투는 두 사람 모두의 행동과 관련이 있다. 내 행동으로 상대방이 질투를 하게 된다면, 나는 상대방을 더 많이 배려하고 더 큰 사랑으로 상대를 대해야 할 책임이 있다. 두 사람의 관계 속 감정은 항상 상호작용을 한다. 인간은 다른 사람의 마음속에 특정 감정을 불러일으킬 수 있다. 물론 자기가 느끼는 감정에 대해서는 일차적으로 자신이 대처해야 한다. 그러나 불필요하게 다른 사람에게 부정적인 감정을 느끼게 해서는 안 된다.

명
상
법

마르타와 마리아의 이야기가 주는 교훈을 명상법에 적용해보자. 우선 나 자신에게 그리고 지금 하는 일에 집중해보는 것이다. 그러기 위해서는 조용히 자리에 앉아 자신의 숨소리를 들어보자. 숨을 들이쉴 때마다 하느님의 사랑이 내 안으로 밀려들어 온다고 상상해보자. 그리고 숨을 내쉴 때마다 그 사랑이 온몸으로 퍼져 나간다고 상상해보자. 나는 완전하게 나 자신에게 집중하기 시작한다. 그리고 질투도 느끼지 못하게 된다. 이때 일어나 방으로 자리를 옮기거나 잠시 조용하게 산책을 해보자. 걸음걸음에 집중해보는 것이다. 한 발자국 내디딜 때마다 발이 바닥에 닿았다가 다시 떨어지는 것을 느껴보자. 이제는 완전하게 내 걸음에 집중하기 시작한다. 나는 걷고 있다. 나는 한 발자국 한 발자국 앞으로 나아가면서 변화할 것이다. 만일 질투심이 올라오려고 하면, 발을 뗄 때마다 질투심이 조금씩 밖으로 떨어져 나간다고 생각해보자. 만약 걷는 데 완전히 집중하고 있다면, 주변에서 마리아가 예수님 곁에 앉아 있든 연인이나 배우자가 매력적인 이성과 대화를 나누고 있든 상관이 없어진다. 왜냐하면 나는 나와 내 행동에 집중하고 있기 때문이다. 이러한 태도는 질투심에 눈이 멀어 만들어지게 되는 상상으로부터 우리를 지켜줄 것이다.

9

괴로움을
긍정적인 태도로
변화시키기

충족되지 않은 기대

인생에서 쓴맛과 괴로움밖에 모르는 사람들이 있다. 나이 든 사람인 경우가 대다수다. 사랑을 충분히 받지 못하고 힘겨웠던 어린 시절을 떠올리면 마음이 괴롭다. 어린 시절이 어두운 기억으로 가득하기 때문이다. 사람들에게 항상 거절당하고 가난으로 추위에 떨었던 기억만 있는 것 같다. 기억 속에 행복한 추억이 비집고 들어갈 틈이 없다. 따뜻한 가정에서 자란 사람들을 보면 우선 부러운 생각부터 든다. 자신의 운명을 생각할 때 느껴지는 괴로움은 좀 더 근본적인 차원의 감정이다. 누구나 괴로움이라는 감정이 자신에게 이롭지 못하다는 사실을 안다. 그러나 어쩔 도리가 없다. 마음속에 괴로움이 자리 잡고 있는 사람은 괴로움의 지배를 받게 된다.

　사실 나는 그런 느낌을 별로 경험해본 적이 없다. 그러나 수많은 사람들과의 대화에서 인생의 쓴맛만 경험한 사람들을 만나게 된다. 꼭 나이가 많은 사람들만 그런 것은 아니다. 대부분의 사람들은 마음속 깊은 곳에 난 상처 때문에 괴로움을 느낀다. 다시 말해 괴로움은 살면서 겪은 다양한 일들에 대한 반응이다. 그러나 그 외에도 사람들은 자기 삶에 대해 가지고 있는 기대가 충족되지 않아 괴로움을 느끼기도 한다. 예를 들어 가정을 꾸리지 못해서, 아니면 행복한 가정을 이룬 줄 알았는데 가정이 해체되어버린 경우에 인생의 쓴맛을 보게 된다. 자녀가 원하는 대로 성장해주지 않을 때, 심지어 자신에게 등을 돌릴 때도 마찬가지다. 회사나 종교단체 등에서 제대로 인정을 받지 못할 때도 그렇다. 나보다 더 돋보이고 늘 관심을 받는 누군가가 가까이에 존재해 괴로움이 느껴질 때가 있다. 어떤 사람들은 건강에 이상이 생겨서, 혹은 만성적인 통증에 시달리게 되면서 인생의 쓴맛을 느꼈다고 한다. 내가 만난 노인들 중에는 외로워서, 또는 아무도 자신을 필요로 하지 않아 자신이 쓸모없어진 것 같아서 괴로운 느낌을 받는다고 한 사람들도 있었다. 아무도 관심을 가져주지 않는다는 게 그들의 이야기였다. 그들은 하느님이 원망스럽다고까지 했다.

성 베네딕토는 수도사들도 괴로움을 느낀다고 했다. 그러면서 불평의 악덕에 관해 이야기하였다. 불평은 괴로움의 표현이다. 매사에 불평하는 사람들이 있다. 그런 사람 옆에 있으면 불편하다. 옆 사람의 괴로움이 전해지는 느낌이라 피하고 싶어진다. 성 베네딕토는 수도사들에게 이렇게 일렀다. "절대로 불평의 악덕에게 틈을 주어서는 안 된다. 한 단어에서도, 그 어떤 뉘앙스에서도 불평이 새어 나오지 못하게 해야 한다."(베네딕토 규칙서 34장 6절)

성 베네딕토는 불평이 얼마나 위험한지 알고 있었다. 그것은 주어진 삶을 받아들이지 않겠다는 거부감의 표현이기 때문이다. 불평을 늘어놓는 사람들은 모든 것을 거부하고 모든 것에 반대하는 유아기적 태도에서 벗어나지 못하는 사람들이다.

괴로움에서 빠져나오지 못하는 사람은 결국 죽은 사람이다

성서는 괴로움에 대해 자주 언급한다. 죽음이 괴로움처럼 쓴맛을 지녔다고 한다. "아 죽음아, …… 너를 기억하는 것이 얼마나 괴로운 일인가!"(집회서 41장 1절) 욥은 하느님이 자신을 숨쉬지 못하게 괴로움을 채우신다며 항의하였다(욥기 9장 18절). 병에 걸린 히즈키야(유다 왕국의 왕 가운데 가장 위대한 왕 중 한 명-옮긴이)는 하느님 앞에서 자신의 괴로움을 고백한다. "내 영혼의 괴로움 때문에 내 잠이 모두 달아나 버렸다네."(이사야 38장 15절) 베드로는 예수님을 세 번 부인한 후 밖으로 나가 "…… 슬피 울었다."(마태오복음 26장 75절) 에페소 신자들에게 보낸 서간은 그리스도인을 향해 다음과 같이 경고한다. "모든 원한과 격분과 분노와 폭언과 중상을 온갖 악의와 함께 내버리십시오."(에페소 신자들에게 보낸 서간 4장 31절) 괴로움을 뜻하는 그리스어 피크리아는 "격노함 때문에 분노로 변하는 불쾌한 마음"이다(슐리어의 〈에페소 신자들에게 보낸 서간 주석〉 229쪽). 고통과 죽음 앞에 선 인간은 비통해질 수 있다. 하지만 그 결과 마음속에 자리 잡게 되는 괴로움은 우리가 피해야 할 악독이다. 신약성서의 마지막 책에서 설명하듯이 괴로움이 인간을 죽음으로 몰아가기 때문이다. "그 별의 이름은 '쓴 흰쑥'이었습니다. 그리하여 물의 삼분의 일이 쓴 흰쑥이 되어, 많은 사람이 그 물을 마시고 죽었습니다. 쓴물이 되어버렸기 때문입니다."(요한묵시록 8장 11절) 마음에 쓴 것이 가득하게 되면 결국 사람은 죽게 된다. 그런 사람은 살아 있어도 살아 있지 않은 사람이다.

한번은 저녁만 되면 특히 더 공격적으로 변하고 예민해지는 게 고민이라고 털어놓은 여성을 상담해준 적이 있다. 그녀는 이렇게 말했다. "어릴 적 아버지가 저녁이면 술에 취해 있었어요. 낮에는 어머니와 형제들과 행복한 시간을 보냈습니다. 그러다가도 저녁이 되어 아버지가 집에 오시면 집안이 시끄러워졌어요. 아버지만 등장하면 집안이 우울해졌어요. 저는 아버지가 폭력적이고 늘 집안에 분란을 일으키는 것이 너무 싫었어요. 어떻게 해야 이 괴로움으로부터 빠져나올 수 있을까요?"

괴로움을 변화시키는 방법: 성서의 사례

나는 괴로움도 변화될 수 있다고 믿는다. 그것이 어떻게 가능한지는 구약성서의 탈출기가 보여준다. 이스라엘 백성은 이집트를 탈출한 이후 광야 생활을 하고 있었다. 그들은 늘 목이 말랐다. 그러나 마라라는 곳에 도착한 이스라엘 백성은 그곳에 사람이 마실 수 없는 쓴물밖에 없다는 사실을 알게 되었다. 그들은 모세를 향해 목이 말라 죽겠다며 불평을 하였다. 그리고 모세는 하느님께 부르짖었다. 하느님은 모세에게 나무토막을 물에 던져 넣으라고 명하셨다. 모세가 그 명을 따르자 물맛이 달콤하게 변화되었다.(탈출기 15장 22-25절) 여기에서 쓴물이 단물로 변하게 된 것이다. 교부들은 이 이야기에서 십자가의 원형을 발견하였다. 나무가 십자가를 상징한다는 것이다. 십자가는 쓴 것을 단 것으로 바꾸어준 것이다.

요한 역시 예수님의 고난을 설명하면서 마라에서 일어난 기적을 염두에 둔다. 요한은 십자가 사건의 마지막 장면을 다음과 같이 설명한다. "그 뒤에 이미 모든 일이 다 이루어졌음을 아신 예수님께서는 성서 말씀이 이루어지게 하시려고 '목마르다' 하고 말씀하셨다."(요한복음 19장 28절) 오래전 광야에서 이스라엘 백성들이 경험한 것이 십자가에서 완성되었다. 예수님은 목마름 속에서 인생이라는 쓴물을 마시지 못하는 사람들과 하나가 되었다. 그러나 예수님은 인생의 쓴맛을 맛보셨다. 예수님은 군인들이 해면에 적신 후 우슬초 가지에 꽂아 예수님에게 준 신 포도주를 마셨다. 우슬초 가지는 유월절(이스라엘 민족이 이집트에서 탈출한 일을 기념하는 유대교 축제일. 하늘의 천사가 밤중에 이집트의 각 집의 맏아들을 죽일 때. 이스라엘인들의 집에는 어린양의 피를 문설주에 발랐기 때문에 그대로 지나가서 재앙을 받지 않은 일을 기념한 데서 유래함-옮긴이)을 상징한다. 이스라엘 사람들은 이집트에서 탈출하는 과정에서 혹독한 괴로움을 경험하였다. 예수님도 우리를 대신해 십자가에서 괴로움을 겪었다. 예수님은 기꺼이 해면에 적신 신 포도주를 마셨다. 이로써 우리의 괴로움이 달콤함으로 변화되었다. 작곡가 요제프 하이든은 예수님이 십자가에서 하신 다섯 번째 말씀인 "시티오" 즉, "목마르다"라고 하시는 순간 괴로움이 달콤함으로 변했다고 이해하고 이를 작품으로 표현했다. 예수님은 사랑이 가득한 눈빛으로 괴로움 가운데 있는 사람들을 바라보시면서, 그들의 괴로움을 대신 지며 쓴잔을 비움으로써 그들에게 그들의 삶이 예수님의 사랑으로 달콤하게 변화될 것이라는 메시지를 전달하신다. 괴로움을 변화시킨 것은 십자가에 달리신 예수님이다.

삶에 대한 환상 발견하기

삶 속에서는 그러한 변화가 어떻게 일어날 수 있을까? 괴로움을 변화시킬 수 있는 첫 번째 방법은 다음과 같다. 우선 괴로움을 자세히 살펴보는 것이다. 그리고 괴로움의 이유에 대해 하느님과 대화를 나누는 것이다. 우리는 기도를 하면서 괴로움의 근본적인 이유를 찾게 된다. 이때 기도는 결국 이스라엘 백성이 하느님을 향해 했던 불평과 비슷할 것이다. 하느님이 나의 소망들을 이루어주시지 않았기 때문이다. 나는 홀로 남겨진 듯한 기분을 느낀다. 인생은 내가 생각했던 것과 다르다. 이스라엘 백성은 젖과 꿀이 흐르고 자유를 만끽할 수 있는 축복의 땅을 기대했다. 그러나 그 축복의 땅에 들어가기 전 이스라엘 백성은 광야를 지나면서 배고픔과 목마름을 비롯한 온갖 위험을 경험해야만 했다. 그래서 그들은 물과 빵과 생선과 마늘과 파가 충분한 이집트인들과 자신들을 비교했다. 그들은 하느님이 자신들을 잊으시고 그들의 인생에는 광야만 존재한다고 생각하기 시작했다. 인간이라면 누구나 이스라엘 백성과 같은 광야를 경험한 적이 있을 것이다. 사랑에 목마르고 굶주린 적이 있을 것이다. 그토록 갈망했던 것을 얻지 못한 경험이 있을 것이다. 하느님과의 대화를 통해서 삶에 대해 우리가 만들어낸 환상을 발견하게 될 것이다. 그 환상을 해체함으로써 있는 그대로의 내 삶을 인정해야 한다.

하느님의 사랑으로 채우기: 십자가 묵상

괴로움을 변화시키는 두 번째 방법은 십자가를 묵상하는 것이다. 요제프 하이든이 예수님이 십자가에서 하신 말씀 "시티오"를 묵상하였듯이, 십자가에 달리신 예수님을 바라보며 예수님이 나의 괴로움을 대신해 짊어지시고 나의 쓴잔을 대신해 마셔주신다고 생각하는 것이다. 아니면 예수님이 해면에 적셔진 나의 괴로움을 십자가에서 모두 해결해주신다고 생각하는 것이다. 모든 괴로움이 사라지고 나면 해면을 예수님의 사랑으로 채운다. 그리고 이 사랑을 나의 괴로움에 다시 스며들게 하는 것이다. 이때 나의 괴로움을 고백해야 한다. 괴로움을 밀어내서는 안 된다. 예수님의 사랑이 스며들 수 있게 허용한다면, 괴로움은 변할 것이다. 그러면 예수님이 십자가에 달리셔서 하셨던 일이 일어난다. 우리의 괴로움을 대신 짊어지시는 것이다.

새로운 태도 찾기: 나 자신을 더 잘 다루기

수용하는 자세는 '달래기'도 아니고, 능동적인 태도도 아니다. 나는 내 유년기를 바꿀 수 없다. 오래전에 지나가버린 시기이기 때문이다. 그렇기 때문에 유년기를 그냥 받아들여야 한다. 수용이 첫 번째 단계이다. 물론 더 다양한 반응이 일어날 수 있다. 괴로움에 대해 구체적으로 어떻게 반응할지 생각해야 한다. 괴로움의 변화는 삶에 대한 새로운 태도를 갖게 해주는 동시에 과거에 경험한 상처를 진주로 변화시킨다. 우선 내가 내 삶에 대해 만들어낸 환상으로부터 이별을 고해야 한다. 나의 보잘것없음과 내 운명을 받아들이는 법을 배워야 한다. 결코 쉽지 않다. 게다가 언제든 괴로움은 다시 내 마음속에 자리를 잡을 수 있다. 그러나 괴로움은 나에게 진정 중요한 것이 무엇인지 계속해서 점검할 수 있는 계기를 제공해준다.

그 밖에도 적극적으로 괴로움에 반응하는 방법도 있다. '저녁의 악마' 때문에 괴롭다면, 저녁에는 중요하거나 비판적인 이메일 답장을 하지 않기로 결심을 하거나 혹은 그 어떤 결정도 내리지 않기로 결심하면 된다. 그리고 어린 시절의 경험이 나 자신과 다른 사람들에게 유익하게 작용할 수 있는 방법을 생각해보는 것이다. 누구든 자신의 경험을 통해 다른 사람에게 자기 자신을 보다 잘 다루는 데 도움을 줄 수 있다. 그리고 누구든 다른 사람을 위해 좋은 친구나 좋은 상담자가 되어줄 수 있다.

명
상
법

십자가를 바라보며 상상해보자. 예수님이 나를 향해 고개를 숙이신다고. 예수님이 나의 괴로움을 느끼신다고. 그리고 나의 쓴잔을 대신 마셔주신다고. 예수님의 가슴으로부터의 사랑이 나의 괴로움에 쏟아진다. 나는 괴로움에 맞서 싸울 필요가 없다. 괴로움을 허용하지만, 반드시 예수님 앞에 내놓고 예수님의 사랑이 괴로움에 스며들 수 있게 하는 것이다. 그리고 사랑이 점차 괴로움을 달콤함으로 변화시키는 것을 느껴보자. 처음에는 쓴맛과 단맛이 공존할지도 모른다. 어떤 사람들은 달콤쌉싸름한 맛을 좋아하기도 한다. 무조건 초콜릿처럼 달기만 할 필요는 없다. 그러나 예수님의 사랑이 나의 괴로움을 점차 밝게 변화시킬 수 있다는 사실을 믿어야 한다.

10

열등감과
이별하기

비교 중독

나는 다양한 상담 프로그램을 운영한다. 프로그램 참가자들은 상담실에 들어서서 자리에 앉는 순간 다른 사람들과 자신을 비교하게 된다고 이야기한다. 내 옆에 앉은 사람이 나보다더 자기 주관이 뚜렷한 사람일까? 저 여자가 나보다 더 예쁜가?다른 참석자들이 나보다 더 믿음이 좋은 사람들일까? 자존감이높아 보이는 사람들이 가득한 곳에 들어서면 작아지는 느낌이든다고 하는 사람도 있다. 다른 사람들과 자신을 비교하는 사람들은 대부분의 경우 그것이 자신에게 해롭다는 사실도 안다. 그결과로 나 자신에게 집중하지 못하기 때문이다. 비교를 하면서 스스로를 끊임없이 평가하기 때문에 항상 누군가의 관찰을 받고 있다는 생각을 하게 되며, 다른 사람들에게 평가 받는다는 느낌을 지울 수 없다.

우리는 원하든, 원하지 않든 스스로를 다른 사람들과 계속해서 비교한다. 누군가와 마주치는 순간 반사적으로 생각하게 된다. 누가 더 예쁘지? 누가 더 성공한 사람인가? 누가 더 돈이 많은가? 누가 더 똑똑한가? 큰 성공을 거둔 사람들 중에도 여전히 자신을 남과 비교하는 사람들이 있다. 집필한 책, 운영하는 기업, 다른 사람들을 위한 희생 등에 대하여 칭찬하는 기사를 읽을 때면, 이런 생각을 하게 된다. 어째서 나는 이 사람처럼 칭찬을 받지 못하는 걸까? 저 사람은 왜 나보다 더 유명하지? 그가 나보다 더 나은가?

어떤 사람들은 다른 사람과 자신을 비교하면서 상대의 약점을 찾기도 한다. 돈도 많고 정치적 영향력도 큰 사람에게서는 가정불화나 실패한 인간관계를 찾아낸다. 그러나 이처럼 상대의 약점에만 주목하며 나 스스로를 높이기 위해 상대를 낮추는 태도는 결코 나 자신에게 유익하지 못하다. 시기와 열등감은 남의 불행에 대해 갖는 쾌감처럼 좋은 해결 방법이 되지 못한다.

오래전 나도 다른 사람과 나 자신을 늘 비교하곤 했다. 비교를 통해 나의 우월함을 확인한다 해도 비교는 나에게 별로 유익하지 못하다. 왜냐하면 비교를 통해 나의 우월함을 확인하는 순간, 나는 다른 사람들을 내려다보기 때문이다. 나는 오로지 다른 사람과의 비교 속에, 상대적인 의미 안에서만 존재하기 때문이다. 게다가 나는 특별한 인간이라는 기분을 느끼면서 다른 사람들을 거만한 태도로 대하기 때문이다. 나는 다른 사람들을 얕보게 되고, 나를 만나는 사람들 역시 이러한 나의 태도를 느끼며 자만하다고 나를 비난할 것이다.

인간의 비교하고 싶은 마음은 타고난 욕구인 듯하다. 어린 아이들도 벌써 자기가 가진 장난감과 다른 친구의 장난감을 비교한다. 엄마가 나를 안아주는 시간과 동생을 안아주는 시간을 비교하면서 혹 엄마가 동생을 더 오래 안아주는 것은 아닌지 확인한다. 그리고 부모가 자기에게 허락한 것들과 다른 형제에게 허락한 것들을 비교하면서 공정성을 따진다. 아주 어린 시절부터 우리는 나 자신과 남을 비교하며 똑같이 대우 받기를 원한다. 그런데 문제는 비교를 하면 늘 내게 주어진 시간, 관심, 돈이 훨씬 적은 느낌이 든다. 학교에서도 학생들은 늘 자신을 다른 친구와 비교한다. 선생님이 혹시 특별히 예뻐하는 학생이 있는지도 눈여겨본다. 그렇게 우리는 성장하면서 끝없이 비교를 한다.

다른 사람과 자신을 비교하는 것이 곧바로 열등감을 의미하는 것은 아니다. 그러나 열등감이 있는 사람들은 대부분의 경우 다른 사람과 자신을 비교한다. 자존감이 낮은 사람일수록 다른 사람을 낮춤으로써 자신을 드러내려는 경향이 강하다.

열등감은 프로이드 외에도 대표적인 심리학자로 꼽히는 알프레드 아들러가 소개한 개념이다. 그는 신체기관의 열등으로부터 열등감 개념을 발전시켰다. 손, 발 또는 얼굴 등 신체의 일부가 제대로 성장하지 못한 사람들은 다른 사람보다 자신의 가치가 떨어진다는 생각을 한다. 문제는 신체가 정상적으로 성장한 사람들도 이러한 생각 때문에 괴로워한다. 원인은 어린 시절 충분히 존중 받지 못하거나 무시당하고 거절당한 경험 때문이다. 알프레드 아들러는 열등감에 시달리는 사람들은 보상을 받으려 한다고 설명한다. 열등감을 권력을 통해 보상 받으려 한다는 것이다. 다른 사람을 무시함으로써 자신감을 갖는, 전형적인 CEO 스타일의 사람들이다. 그렇지 않으면 열등감을 과도한 자기과시를 통해서 보상 받으려 한다. 자신이 얼마나 많은 일들을 했는지, 얼마나 많은 재능을 가졌는지 등을 계속해서 자랑하지 않으면 견딜 수 없어하는 종류의 사람들이다. 그 밖에도 우월감을 통해 열등감을 보상 받으려는 사람들도 있다. 항상 우월감에 젖어 있는 사람들이다. 어디를 가든 내가 가장 큰 사람이다, 가장 지적인 사람이다, 나보다 축구를 더 잘하는 사람은 없다, 돈 관리를 나보다 더 잘하는 사람은 없다 등의 생각을 하는 사람들이다.

보상은 열등감 극복에 도움이 되지 않는다

알프레드 아들러는 돈, 옷, 장신구, 성공 등과 같은 것들이 열등감을 보상해주지 않고 열등감 극복에 도움이 되지 않는다고 확신했다. 열등감에서 벗어나는 유일한 방법은 건강한 자존감과 공동체 정신을 갖는 것이라고도 했다. 자존감과 공동체 정신은 다른 사람과 협력을 잘하고, 적극적으로 자신의 임무를 수행하며, 사랑하는 마음을 품을 줄 알며 성적욕구를 건강하게 충족하는 법을 잘 터득할 때 비로소 자라난다. 아들러는 이때 예술과 문화에 대한 열린 마음, 창조적인 삶을 개척하는 것에 대한 열린 마음이 도움이 된다고 덧붙였다.

영혼의 가장 깊은 곳

알프레드 아들러는 인간이 열등감을 변화시킬 수 있는 방법들을 소개하였다. 물론 그가 제시한 원리들을 삶이라는 구체적인 상황 속에 적용하는 것은 우리의 몫이다. 열등감은 자기 자신에 대한 지나친 집착에서 시작된다. 따라서 자신을 향해 있는 고정된 시선을 주변 사람들에게로 돌려야 한다. 다른 사람들과의 관계, 공동체 안에 존재하는 나를 인정하는 순간 나는 주변 사람들과 공동체가 나를 지탱해준다는 사실을 느낄 수 있게 된다. 그러면 내가 다른 사람들보다 못하다는 생각이 그 이전만큼 나를 짓누르지 못하게 된다.

또 다른 방법은 열등감이나 내가 남들보다 못하다는 생각을 잠시 내려놓고 영혼의 가장 깊은 곳으로 떠나는 것이다. 그곳에는 진정한 나의 모습이 존재하고 있다. 진정한 나는, 내가 다른 사람들에게 주는 인상과 관계없이 변함없는 나의 모습이다. 이러한 진정한 나를 만나게 되면, 내가 하느님의 아들이나 딸이라는 사실을 깨닫게 되면, 그리고 하느님의 품 안에서 나는 유일무이한 존엄한 존재라는 것을 깨닫게 되면, 내가 다른 사람들을 대할 때 불안해하는지, 수줍어하는지, 두려워하는지 등은 아무런 상관이 없어진다. 그것들은 그저 밖으로 드러나는 내 태도의 일부이기 때문이다. 나의 내면에서는 무한한 마음의 평화를 느낄 수 있다. 그러면 더 이상 남들과 나를 비교할 필요가 없어진다. 진정한 나의 모습을 발견하고 그 모습에 집중한다면 습관적으로 하던 비교도 불필요해진다.

아름다움은 열등감을 치료해준다

아들러는 열등감을 극복하기 위한 여러 가지 방법을 제안하면서 문화와 예술에 대한 감각, 아름다움을 추구하는 태도가 열등감으로부터 자유롭게 해준다고 말한다. 풍경을 바라보고 있으면 그 순간 열등감이나 내 가치에 대한 의심이 모두 사라진다. 그 순간에는 아름다운 경치를 감상하는 데 집중하기 때문이다. 석양을 바라보거나 그림이나 조각품을 감상하는 동안에 나는 나 자신에 대한 복잡한 생각들을 잊어버리게 된다. 그리고 그 순간 내 생각과 마음은 한 가지에 집중하게 된다. 그러면 내가 다른 사람들보다 못하다는 등의 생각이 차지할 자리가 없어진다. 독일의 소설가 겸 극작가인 마르틴 발저는 이 경험을 이렇게 표현하였다. "무언가를 아름답다고 여기는 사람은 절대 혼자라고 느끼지 않는다. 무언가를 아름답다고 여기는 사람은 자기 자신으로부터 자유로워진다."

어떤 대상을 아름답다고 생각하면서 바라보면, 나 자신에 대한 집착에서 벗어날 수 있게 된다. 그래서 아름다움은 열등감을 치료해주는 효과가 있다. 나는 내가 아름답다 여기는 대상의 일부가 된 듯한 느낌을 받는다. 그 대상이 갖고 있는 아름다움을 나눠 갖는 것이다. 그래서 스스로 아름답다 여기게 된다. 광고 속에 등장하는 아름다운 여인들과 나를 비교하는 것이 아니

라, 내가 가진 아름다움과 나의 존엄성과 나의 가치를 바라볼
수 있게 된다.

비교: 긍정적인 도전

비교가 무조건 나쁜 것만은 아니다. 때로는 비교가 나 자
신을 발전시키고, 다른 사람보다 더 많이 노력할 수 있는 동기
를 제공하기도 한다. 이때 중요한 것은 나의 반응이다. 다른 사
람과 나 자신을 비교할 때 나는 어떻게 반응하는가? 비교를 통
해 내 열등감이 더 커질 수도 있다. 열등감에 시기와 다른 사람
의 불행이 주는 쾌감까지 더해질 수도 있다. 그런가 하면 비교
를 자기 발전의 기회로 삼을 수도 있다. 비교하기에 대한 긍정
적인 반응은 늘 나를 다른 사람과 비교하는 태도에 변화를 가져
올 수 있다. 다른 사람과 나 자신을 비교하면서 나의 단점들을
고칠 수 있는 기회를 가질 수 있다. 다른 사람이 가진 무언가를
나도 갖고 싶어하게 될 수 있다. 예를 들어 어떻게 하면 저렇게
인기 있는 사람이 될 수 있을까? 어떻게 하면 저렇게 성공할 수
있을까? 비교는 나를 발전시키고 앞으로 전진하게 만드는 도전
이 되는 것이다. 이때 나의 한계를 인정하는 것도 매우 중요하
다. 비교하는 것에만 계속해 머물러 있으면 안 된다. 계속 비교
만 한다면 늘 만족하지 못할 것이다. 다른 사람들의 성공을, 더

노력하고 더 발전하기 위한 자극으로 삼는 것이 중요하다. 그리고 나를 발전시키기 위한 과정에 있어서는 오직 나 자신에게만 집중해야 한다. 계속해서 다른 사람들에게로 시선을 돌리는 대신 내가 가기로 한 길을 걸어야 한다. 이때 내 길을 가는 데 더 열심히 더 속도를 낼 수 있게 다른 사람들이 자극을 줄 수는 있다. 100미터를 달릴 때 나 혼자 달리기보다 여럿이 경쟁을 할 때 훨씬 더 좋은 성적이 나오는 원리를 적용하는 것이다. 그러나 다른 사람들보다 현저히 빠른 일등 주자만 바라본다면 금방 좌절하게 될 것이다. 반면 바로 내 앞에 있는 주자를 따라잡는다는 목표로 뛴다면, 나는 쉽게 포기하지 않을 것이고 기록을 갱신하게 될 것이다.

나 자신에게 집중하기

자신을 다른 사람과 비교하는 것은 자연스러운 현상이다. 직장에서 우리는 동료들과 경쟁을 해야 한다. 또 회사는 다른 회사와 경쟁을 해야 한다. 그렇기 때문에 비교하기를 우리 삶으로부터 쉽게 뿌리 뽑아 버릴 수 없다. 비교하기는 마치 밀 사이에 자라는 가라지와 같다(마태오복음 13장 24-30절). 비교하기라는 가라지가 우리 밭에 자라고 있는데, 가라지를 뽑으려다 밀까지 뽑을 위험이 있다는 것이다. 우리가 할 수 있는 것은 비교하기라는 가라지가 지나치게 커지지 않게 잘라주는 것뿐이다. 다시 말해 비교를 변화시켜야 한다. 비교하기를 우리 삶으로부터 뽑아 버려서는 안 된다. 만약 그랬다가는 우리 삶의 원동력, 우리가 나가야 할 길을 걸어갈 힘마저 잃게 될 것이기 때문이다. 그렇다고 지나치게 비교에 빠져서도 안 된다. 그 결과는 불행과 불만족이기 때문이다. 결국 우리가 할 수 있는 것은 새로운 차원의 비교로 비교하는 습관을 바꾸는 것이다. 비교를 감사로, 나 자신에게 집중하는 계기로, 하느님에게 집중하는 시간으로, 비교의 대상으로 삼은 사람을 공감하는 기회로, 그리고 나 자신을 더 발전시킬 수 있는 원동력으로 변화시키는 것이다. 이때 중요한 것은 비교하는 과정에서의 시선을 상대방에게서 다시 나 자신에게로 돌려야 한다는 점이다. 비교를 통해 내 자신을 느끼고, 다른 사람에게 집중하고 다른 사람을 통해 나를 규정하면서 야기된 자기소외로부터 자유로워져야 한다. 내 시선이 다른 사람에게 고정되어 있고 내 생각이 다른 사람에게만 가 있다면 자기소외 현상이 일어난다. 그러나 치유는 자기소외가 아니라, 다시 나 자신에게로 돌아오고 내 안에 거하는 가운데 일어난다. 왜냐하면 내 안에 하느님이 머무시기 때문이다.

열등감 때문에 괴로워하는 사람에게 많은 사람들은 자신의 장점에 집중하라고 조언한다. 성공한 사람과 나를 비교하면서, 그래도 내가 더 현명하다는 사실을 발견하라는 것이다. 승진한 싱글 동료를 보면서 가정이 있는 내가 더 낫다고 생각하며 만족하라는 것이다. 그러나 다른 사람과의 비교에서 상대방에 대하여 내가 부러워하는 부분을 나의 다른 장점으로 상쇄해보려는 노력은 우리를 비교로부터 자유롭게 해주지 못한다. 결국에는 내가 상대보다 부족한 부분을 끊임없이 발견하게 될 것이다. 그렇기 때문에 상대방으로부터 벗어나 모든 시선과 관심을 나 자신에게로 돌려 나 스스로를 느껴야 한다.

모임에 즐겨 나가는 한 여성이 있다. 이 여성은 자신을 다른 사람과 비교하는 것 때문에 늘 괴로워했다. 모임의 다른 회원들은 대학도 나오고 언변도 뛰어났다. 이 여성은 하고 싶은 말이 있어도 다른 누군가가 훨씬 조리 있게 내가 하고 싶은 이야기를 할 것이라고 생각하면서 선뜻 입을 열지 못했다. 하고 싶은 이야기를 제대로 표현하지 못할 것 같아 용기를 내지 못했다. 하루는 친구가 이 여성에게 "다른 대학 나온 여자들보다 당신이 주부로서 훨씬 더 유능하고 요리도 잘한다"고 말해주었다.

그러나 이런 말들도 소용이 없었다. 왜냐하면 그런 식의 접근은 계속해서 비교를 하게 만들기 때문이다. 나는 그 여성에게 이렇게 조언해주었다. "모임에 나가서, 다소곳이 모은 두 손이 맞닿는 느낌을 느껴보세요. 다른 사람들의 이야기에 귀를 기울여보세요. 아무 말도 하지 않아도 되는 자유를 만끽해보세요. 그리고 말하고 싶어지면, 다른 누군가가 비슷한 이야기를 했더라도 그냥 말하세요. 자기 자신과 자신의 감정에 충실하면 됩니다. 그러면 모임을 즐길 수 있게 될 것입니다. 다른 사람들과 자신을 비교해야만 하는 압박감으로부터 자유로워질 수 있을 거예요." 나 자신에게 집중하고 충실하게 되면, 다른 사람을 얕보는 일도 없다. 반대로 상황이 좋지 않은 사람, 아픈 사람 또는 실패한 사람을 이해하고 공감할 수 있게 된다.

변화의 단계들

비교하기를 변화시키기 위한 첫 번째 단계는 스스로를 느끼고, 스스로에게 집중하는 것이다. 비교를 하는 순간 우리는 다른 사람에게 집중한다. 그래서 스스로를 느끼지도 못한다. 스스로를 느끼는 데 도움이 되는 것은 바로 우리의 몸이다. 내 호흡에 집중하면 모든 감각이 나 자신에게로 돌아온다. 양손을 배위에 얹고 나와 내 에너지에 집중하는 방법도 있다. 뱃속 느낌에 집중하면서 나는 나 자신을 느낄 수 있게 된다.

　그다음 두 번째 단계는 비교하기를 내 모습, 내가 가진 재능, 하느님이 내 삶에 허락하신 것들에 대해 감사할 수 있는 계기로 삼는 것이다. 상대를 깎아내리거나 상대가 이룬 성공에 흠집을 낼 필요가 없다. 비교의 대상인 상대의 성공, 지적 능력, 인기 그리고 신실한 믿음 등 모든 것을 인정하자. 그리고 내 자신과 내 삶을 살펴보자. 하느님에게 감사할 이유는 충분하다. 내 자신을 느끼고 나 자신에게 집중함으로써 감사하는 훈련을 할 수 있다. 내 몸에 집중하면서 건강함에 감사하자. 내 감정을 살펴보자. 감정을 느끼고, 생각하고, 숨을 쉬고 있다는 사실에 감사하자. 지금 이 순간과 상황에 충실하다면, 감사할 수 있게 된다. 내가 갖지 못한 수천 가지 것들에 대해 생각하지 않기 때문이다. 내 삶 자체가 선물이라는 사실을 깨닫게 된다. '감사하다'를 뜻하는 독일어 'danken'은 '생각하다'는 동사 'denken'으로부터 유래한 단어다. 자기 삶에 대해 제대로 생각해볼 수 있다면, 감사할 수 있다는 뜻이기도 하다. 그렇기 때문에 우리는 제대로 생각하는 법을 배워야 한다.

내면의 풍부함, 비교하기에서 나누기로

비교할 때 우리는 '~보다'라는 단어를 사용해 '~보다' 예쁘다, '~보다' 많다, '~보다' 우수하다고 표현한다. 변화하고 싶다면 이 단어 대신 '~과 하나가 되다'라는 표현을 사용해야 한다. 그렇게 되면 비교가 변화될 수 있다. 예수 그리스도를 통하여 우리는 하느님과 하나가 되었다. 그분은 우리 삶을 영적으로 풍성하게 해주시려 오셨다. 우리는 하느님과 하나가 될 뿐 아니라, 우리 자신과 주변 사람과도 하나가 되어야 한다. 비교는 내가 나 자신에게 집중할 때 변화하기 시작한다. 나 자신을 인정하고 그대로 받아들일 때 말이다. 진정한 나와 내가 하나가 될 때 말이다. 비교는 나를 내 중심에서 벗어나게 하고 나를 분열시킨다. 내가 진정한 나와 하나가 된다는 것은 내 삶, 내가 이룩한 것들, 하느님이 내게 허락하신 것들을 받아들일 수 있게 된다는 말이다. 그리고 결국에는 내가 비교의 대상으로 삼은 사람과도 하나가 될 수 있게 된다. 눈부신 성공을 달성한 그 사람과 하나가 될 수 있다. 그렇게 되면 나도 그 성공을 공유할 수 있게 된다. 내가 부러워하던 미모를 가진 사람과도 하나가 될 수 있다. 그러면 그 사람과의 비교도 멈출 수 있다. 모든 사람과 하나가 될 수 있다. 그들이 가진 모든 것들이 나의 것이 되는 것이다. 다른 사람의 성공 때문에 더 이상 배 아파할 필요가 없어진다. 다른 사람들이 가진 모든 재능을 나눔으로써 내 영혼이 풍부해짐을 발견하게 된다.

명
상
법

　내가 자주 비교의 대상으로 삼는 사람, 내게 열등감을 느끼게 하는 사람을 찾아보자. 그러고 나서 상상해보자. 그가 나의 친구라고 생각해보는 것이다. 그가 가진 재능, 미모, 인기, 성공을 나도 나눠 가지는 것이다. 그와 하나가 되는 것을 느껴보자. 그러면 비교하는 것이 변화하기 시작한다. 내가 늘 비교의 대상으로 삼았던 사람과 하나가 되기 때문이나. 그와 하나가 될 뿐 아니라, 그동안 발견하지 못했던 내 안의 새로운 재능을 발견하게 된다. 그가 가진 재능도 나눠 가졌기 때문이다. 그의 재능은 나의 것이기도 하다. 하느님께서 나에게 주신 것들에 대해 감사하게 된다. 그다음 내가 비교의 대상으로 삼았지만, 나보다 못하다고 생각했던 사람을 떠올려보자. 그와도 하나가 되는 것을, 그리고 그와 모든 것을 나누고 있음을 느껴보자. 비교가 공감으로 변화하기 시작한다. 그의 아픔이나 어려움도 이해할 수 있게 된다. 그와 나 자신을 비교함으로써 내 자신의 우월감을 느끼기보다 그와 공감할 수 있게 된다.

11

증오와
복수심으로부터
자유로워지기

"증오는 타르처럼 인간에게 들러붙어 있다."

한 종군기자의 말이다. 이 말은 전쟁이나 무력갈등의 현장, 시리아나 아프리카와 같은 곳에만 적용되는 건 아니다. 우리 모두는 가슴속에 증오를 품고 있다. 때로는 증오가 악몽의 형태로 우리를 지배하기도 하고, 밝은 대낮에도 끔찍한 상상으로 불쑥 등장해 스스로도 놀라게 된다. 한번은 오래전 돌아가신 아버지에 대한 증오에 대해 상담을 요청한 한 남자가 있었다. "아버지가 동생을 때리는 장면을 자주 목격했습니다. 너무나 괴로웠습니다. 당시 나는 손을 쓸 수가 없었어요." 또 한번은 매우 지적이고 온화해 보이는 한 여성이 사무실에서 일을 하다가 종종 끔찍한 상상을 하게 된다고, 자신에게 부당한 요구를 하는 상사를 회의 중에 기관총으로 쏘는 상상을 하게 된다고 고민을 털어놓은 적도 있었다. 그 밖에도 알코올중독자인 남편에 대한 증오 때문에 괴로워하면서 남편을 죽이는 상상까지 하게 된다고 말한 여성도 만난 적이 있다. 어렸을 때 오빠가 자신을 학대했다고 이야기한 고민 상담자도 있었다. 열한 살 즈음부터 오빠에 대한 증오와 오빠를 죽이고 싶다는 생각이 자신을 지배했다는 것이었다.

증오는 증오의 대상이 되는 사람 앞에서 느끼는 무력감의 결과로 나타나는 현상이 대다수다. 증오는 사람의 눈을 멀게 하며 비이성적으로 행동하게 하는데, 심한 경우 실제로 증오의 대상을 살해하기도 한다. 증오는 추적하고, 사냥한다는 의미를 가지고 있다. 누군가를 증오한다는 말은 그 사람을 계속해서 쫓아다닌다는 말이기도 하다. 결국 그 사람이 죽을 때까지 추격한다는 말이다. 그러나 누군가를 그토록 미워하고 추격한다는 것은 스스로를 증오한다는 증거다. 증오는 다른 사람, 낯선 누군가, 또는 우리에게 위협이 되는 대상에 대하여 느끼게 되는 감정이다. 그러나 자기 자신에 대한 증오도 존재한다. 우리가 생각하는 것보다 훨씬 많은 사람들이 자기 자신에 대한 증오로 고통을 받는다. 나는 상담하면서 그런 사람들을 많이 만났다. 자기 자신을 미워하며 자신의 삶을 견딜 수 없어하는 사람들 말이다. 그들은 자신에게 그러한 삶을 허락하신 하느님마저도 증오한다.

그렇다면 "눈에는 눈, 이에는 이"처럼 똑같이 되갚아주지 않으면서, 그러니까 나 자신이나 다른 사람들에게 상처를 주지 않으면서 내 안에 존재하는 증오를 해결할 방법은 없을까? 증오 역시 활개 치게 그냥 내버려 두어서도, 억눌러서도 안 된다. 증오를 억누를 경우 우리는 종일 증오에 모든 신경과 에너지를 쏟아야 할 것이다. 증오라는 강력한 에너지가 내 마음을 다스리지 못하도록 억누르려면 엄청난 에너지가 소모된다. 그래도 증오는 끊임없이 고개를 들 것이다. 결국 증오를 완벽하게 통제할 수 없고, 언제든 이성적이지 않은 행동을 하게 될지도 모른다는 두려움 속에서 살아가야 한다. 게다가 내 안에서 느껴지는 증오 때문에 죄책감을 안고 살아가야 한다. 그리스도인은 당연히 누군가를 증오해서는 안 된다. 그러나 이러한 윤리적 규범이 증오를 사라지게 해주지는 못한다. 여전히 내 안에는 증오가 가득하다. 나는 증오심의 지배를 받고 있는 것이다. 그래서 내 자신을 더 이상 통제할 수 없다. 바로 이 사실이 나를 두려움에 사로잡히게 한다. 우리는 자기 자신에 대한 통제력을 상실할까 두려워한다.

증오와 복수심이라는 감정은 서로 연결되어 있다. 그리고 대다수의 증오는 복수심으로 표출되고 있다. 복수심은 인간이 태초부터 느꼈던 감정이다. 성서는 복수심과 관련된 일련의 이야기들을 들려주고 있다. 하느님에게 더 많은 사랑을 받았던 동생 아벨을 죽인 카인의 이야기가 대표적이다. 이스라엘 왕국의 다윗 왕의 피난을 도왔던 제사장들을 모두 죽인 사울의 이야기도 있다. 누이인 타마르를 겁탈한 암몬을 죽인 압살롬의 이야기도 빠질 수 없다. 복수심은 부당함에 대해 저항하며 정의를 바로 세워야 한다는 생각을 품은 감정이다. 그러나 복수심은 또 다른 불의를 낳고 심지어 살인을 저지르게도 한다. 구약성서는 하느님만이 복수하실 수 있다고 강조한다. 인간은 자신에게 불의를 행한 자에게도 복수할 수 없다. 인간은 정의를 추구해야 한다. 그러나 정의는 인간이 아닌 신이 만들어내야 한다.

상처 받은 느낌

여기에서 정리하고 넘어갈 문제가 있다. 복수심은 왜 생기는 걸까? 복수심은 정상적이고 건강한 자극일까? 복수심은 상처받았다고 느낄 때마다 생겨날 수 있다. 나에게 상처를 준 사람에게 똑같이 상처를 주고 싶다는 생각, 그를 낮추고 심지어 괴롭히고 싶다는 생각도 든다. 복수심은 폭력적인 상상으로 이어진다. 상상 속에서 우리는 상대에게 내 힘을 과시하고, 상대를 작아지게 하고 고통스럽게 하며 결국에는 상대를 죽이는 나의 모습을 그려본다. 그리고 드물지 않게 사람들은 그러한 상상을 실천에 옮기기도 한다. 우리는 상처를 준 사람에게 어떻게 해서든 손해를 끼치고 만다. 어떤 경우에는 한참 지나고 나서야 복수라는 감정이 꿈틀거리기도 한다. 복수심을 마음속에 가만히 담아두었다가 기회가 생겼을 때 행동으로 옮기는 것이다.

우리는 복수심에 이끌려 직원들에게 상처를 주는 직장 상사에 대해 분노한다. 그러나 다른 사람을 판단하고 비난하기에 앞서 우리는 각자의 마음속을 먼저 들여다볼 필요가 있다. 우리의 마음속에도 복수심이 가득하다. 우리는 이성으로 복수심을 거부한다. 그래서 자기 속에 꿈틀거리는 복수심을 발견하게 되면 놀란다. 이때도 자기 자신 역시 복수심을 느끼는 사람이라는 사실을 인정할 수 있는 겸허한 마음의 자세를 가져야 한다. 우리는 스스로 인정한 것만 변화시킬 수 있다. 그렇다면 복수심은 어떻게 변화될 수 있는가?

복수심을 변화시키는 방법

증오와 복수심을 변화시키는 방법 역시 그 감정들을 하느님에게 내맡기고 하느님의 사랑으로 그 감정들을 정화시키고 변화시켜 달라고 요청하는 것이다. 복수심을 좀 더 자세히 살펴보면 복수심 뒤에 숨어 있는 깊은 상처를 발견할 수 있다. 우리는 그 상처를 바라보며 상처로 인해 아파하고 있음을 인정해야 한다. 그다음 복수심이 마음껏 활개 치도록 내버려 두는 상상을 해보자. 나에게 상처를 준 사람들에게 복수를 한다고 해서 내가 행복해질까? 복수심에 이끌려 실제로 복수를 하는 것은 내가 추구하는 가치에 반하는 결과를 낳을 것이다. 복수심은 나를 통제할 수 없고, 제어할 수 없게 만들 것이다. 내가 용납할 수 없는 일들을 하도록 만들 것이다. 결국 내가 복수하고자 했던 사람에게 나를 지배하도록 내맡기는 꼴이 되고 말 것이다. 그러면 내 중심에서 떠나 나를 더 괴롭게 하는 것들에 집중하게 될 것이다. 반면, 복수심을 건강한 욕심으로 변화시키고 내가 추구하는 가치에 반하는 행동을 하지 못하도록 통제권을 타인에게 넘겨주지 않는다면, 나는 내 중심에서 벗어나지 않고 나 자신에게 집중할 수 있을 것이다.

증오에 내재되어 있는 힘

증오와 복수심의 관계를 인정하고 이해했더라도 다음 문제가 계속 남게 된다. 증오로 가득할 때 복수하지 않고 증오를 변화시킬 수 있는 방법은 무엇일까? 증오를 변화시키는 첫 번째 단계는 증오에 내재되어 있는 힘을 발견하는 것이다. 어린 시절 겪었던 끔찍한 기억에 대해 내 영혼이 보인 반응의 원동력을 발견하는 것이다. 아버지에 대한 딸의 증오는 깊은 상처에 대한 영혼의 반응이다. 그리고 이 반응은 그 자체로서 건강한 반응이다. 이 반응 때문에 외부에서 그녀에게 가해진 공격으로부터 스스로를 보호할 수 있었다. 증오는 다른 사람이 나에게 주는 상처로부터 나를 지켜주는 힘을 갖고 있다. 그래서 증오를 통해 다른 사람들이 주는 상처가 내 마음에 도달하지 못하도록 방벽을 세울 수 있다. 문제는 증오가 이상적인 방벽이 되어주지 못한다는 사실이다. 왜냐하면 증오로 다른 사람이 나에 대한 통제권을 갖기 때문이다. 게다가 우리는 누군가를 증오하는 자신의 모습을 스스로도 증오하기 때문이다.

증오로 가득한 사람이 복수가 아닌 증오에 내재되어 있는 힘, 나를 보호해줄 수 있는 힘에 집중하기란 쉽지 않다. 증오가 갖는 보호하는 힘과 복수심은 다음과 같이 구분할 수 있다. 증오는 내가 들고 있는 강한 방패가 될 수 있다. 다른 사람이 나에게 상처를 주지 못하게 나를 보호해주는 방패다. 동시에 증오는 다른 사람을 향해 겨누는 창이 될 수도 있다. 만약 내가 들고 있는 창을 던진다면, 상대는 나를 향해 더 큰 창을 던질 위험이 있다. 만약 내가 던진 창에 상대가 맞아 쓰러진다면, 나는 살인자로 재판을 받을 것이다. 이때 나를 재판하는 것은 내 양심일 수 있다. 따라서 증오의 창이 가져올 불행을 막기 위해 증오를 진정시키고, 증오의 방패를 들고 나를 보호해야 한다. 이 방패는 다른 사람과 건강하고 적당한 거리를 유지하는 데 도움이 된다.

다른 사람과의 거리

두 번째 단계는 증오를 변화시키는 것이다. 증오를 인지하고 다른 사람과 의식적으로 거리를 두는 것이다. 알코올중독자 남편을 증오했던 여성에게 나는 이렇게 말했다. "당신이 느끼는 증오심 안에는 '나는 살고 싶다'는 강한 욕구가 숨겨져 있습니다. 남편이 내 삶을 망가뜨리지 못하게 하겠다는 욕구입니다." 만약 그 여성이 이 욕구를 삶의 원동력으로 삼는다면, 다시 말해 더 이상 자기 자신이나 다른 사람을 향한 창이 아니라 내 삶을 살고 싶다는 건강한 욕심으로 변화된 내면의 힘으로 활용한다면 증오심은 서서히 변해 갈 것이다. 물론 문득문득 증오심이 다시 고개를 들 수도 있다. 그러나 그때마다 내 삶을 살고 싶은 욕구를 재확인하면 된다. 그리고 나 자신을 돌보는 것이다. 내가 필요로 하는 힘은 내 안에 존재한다. 그 힘이 다른 사람에게로 향하지 않고 생명력으로, 삶에 대한 의욕으로 표출되기만 하면 된다. 하느님이 허락하신 가능성과 재능을 마음껏 누리면 되는 것이다.

따라서 증오에 내재되어 있는 힘을 긍정적인 에너지 즉, 폭력으로 이어지기 쉬운 통제불능 상태에서 벗어나게 해주는 힘으로 변화시켜야 한다.

어린아이들을 관찰해보면 좀 더 쉽게 이해할 수 있다. 부모나 교사로부터 무시를 당하고 상처를 입은 아이들은 그에 대한 반응으로 증오를 느낀다. 이런 아이들은 우울해지는 게 아니라, 부모를 증오하게 된다. 우울해지는 것보다 훨씬 건강한 반응이다. 문제는 계속해서 증오심에서 헤어 나오지 못한다면, 증오가 그 아이를 해할 것이다. 부모나 교사를 증오하는 아이는 사실 자신을 비난해서도 안 되고, 누군가를 증오하는 자신의 모습 때문에 죄책감을 느끼거나 괴로워해서도 안 된다. 증오는 자신에게 상처를 준 부모나 교사로부터 자신을 보호하고 다른 사람들이 뚫고 들어오지 못하는 안전한 방벽이 되어주기 때문이다. 중요한 것은 증오를 자신의 삶을 개척해나가게 해주는 건설적인 힘으로 변화시켜야 한다는 점이다. 동시에 증오 뒤에 숨겨져 있는 상처도 발견해야 한다. 증오는 사랑의 또 다른 모습이다. 사랑하지 않는 사람을 증오하는 것은 불가능하다. 증오는 상처 난 사랑이기도 하다. 따라서 부모에 대한 증오 뒤에 숨겨져 있는 사랑을 발견하는 것이 중요하다. 그리고 이 사랑을 통해 아버지나 어머니에 대한 긍정적인 면을 발견하게 될 수도 있다. 아버지가 오빠를 잔인하게 때리던 장면을 지켜보면서 성장했다는 한 여성은 어느 날 아버지가 불행해한다는 사실을 알게 되었다. 아버지는 자신의 상처와 굴욕을 아들에게 똑같이 느끼게 해준 것이었다. 그 여성은 아버지에 대한 증오를 넘어 아버지가 얼마나 상처 입었는지, 그리고 아버지의 인생이 얼마나 고달프고 힘들었는지를 이해할 수 있게 되었다. 그 결과 증오는 시간이 지남에 따라 불쌍히 여기는 마음으로 변했다. 증오를 통해 아버지로부터 물려받은 내면의 좋은 뿌리들을 발견하게 되었다.

원수를 다른 눈으로 바라보기

예수님은 원수를 증오하기보다 사랑하라고 말씀하셨다. 어려운 요구다. 대부분의 사람들은 "너무 지나친 요구입니다. 전 못할 것 같아요."라고 말한다. 그러면 나는 이렇게 말한다. "꼭 성공해야 하는 건 아니에요. 그냥 시도해보시면 됩니다."

루카복음에서 예수님은 증오를 사랑으로 변화시킬 수 있

는 세 가지 방법을 제시하신다.

첫 번째 방법은 성서의 한 구절에서 찾아볼 수 있다. "너희를 미워하는 자들에게 잘해주고."(루카복음 6장 27절) 그리스에는 나를 미워하는 사람에게 잘해주고 아름답게 대하라는 속담이 있다. 그러기 위해서는 상대의 좋은 면을 볼 수 있어야 한다. 원수로 맺게 되는 이유는 많은 경우 투사 때문이다. 나를 미워하는 사람은 나의 모습에서 자기가 싫어하는 자신의 모습을 발견하기 때문에 나를 미워하는 것이다. 자기 모습 중 스스로 못마땅한 모습을 나에게 투사해 나를 미워함으로써 그 모습에 저항하는 것이다. 그렇기 때문에 원수를 사랑하라는 말은 원수를 다른 눈으로 바라보라는 말과 같다. 나를 미워하는 원수를 바라볼 때 영혼의 깊은 곳에서부터 선한 것을 추구하고 있는, 상처 받은 사람을 발견할 수 있어야 한다. 나를 미워하는 사람을 선하고 아름다운 방식으로 대함으로써 그에게 잘해주게 되면, 미움과 증오가 변하기 시작한다. 아름다운 행위는 결코 수동적인 행위가 아니다. 상대가 나를 미워하기 때문에 체념하는 것이 아니다. 그리고 증오나 미움의 희생자로 남는 게 아니다. 나를 미워하는 원수의 모습에서 선한 것을 발견하고, 그것 때문에 그에게 잘해주고 그로부터 선한 모습을 이끌어내면서 증오를 변화시키는 것이다.

변화를 일으키는 두 번째 방법은 축복하는 것이다. 나에게 상처를 주고 나에 대해 나쁘게 말하는 사람을 축복하라는 말이다. "너희를 저주하는 자들에게 축복하며……"(루카복음 6장 28절) 나는 종종 내 강의를 들으러 온 사람들에게 자신에게 상처를 준 사람, 부정적인 감정을 불러일으키는 사람을 떠올려보라고 한다. 그리고 나서 두 손을 들고 머릿속에 떠올린 그 사람을 향해 축복하라고 말한다. 직접 해본 사람들은 꽤 효과가 좋다고 말한다. 그들은 축복이 방패처럼 나를 보호해주는 느낌이 든다고 이야기한다. 그래서 상대가 나에게 주려는 상처들이 더 이상 나에게 도달하지 못하게 되는 느낌이라는 것이다. 축복이 상대의 증오로부터 나를 보호해주는 것이다. 그리고 축복을 하는 사람은 더 이상 희생자일 필요가 없게 된다. 축복은 능동적으로 상대를 향하여 다가가는 행위이다. 긍정적인 에너지로 상대가 나를 향해 발산하는 부정적 에너지를 막는 것이다. 이를 통해 나의 감정이 변한다. 증오가 공감으로 바뀐다. 나는 더 이상 증오의 대상이나 희생자가 아니라, 상대를 축복하고 상대에게 좋은 것을 기원해주는 존재가 되는 것이다. 상대는 더 이상 원수가 아니라, 하느님이 축복하시는 사람이다. 그의 마음속에 평화가 깃들길 내가 기도해주는 대상이다.

세 번째 방법은 다음과 같다. "…… 너희를 학대하는 자들을 위하여 기도하여라."(루카복음 6장 28절) 상대를 위해 기도하는 것은 축복하는 것과 같다. 여기에서 말하는 기도는 그를 대신해서 하는 기도의 성격을 지닌다. 그 사람의 상처가 치유되기를 대신해 기도해주는 것이다. 다시 말해, 그의 상처 나고 혼란스러운 모습을 있는 그대로 하느님에게 의뢰함으로써 하느님의 영이 그를 감싸 안으며 그를 변화시키고 치유해서, 그가 평화를 느낄 수 있게 하는 것이다.

기도와 축복은 변화를 일으킨다. 이것은 일차적으로 나에게 일어나는 변화다. 나는 내 자신만 변화시킬 수 있다. 그러나 변화된 나의 태도와 행동을 통해서 상대도 변하게 된다. 상대가 갑자기 나에게 친절을 베풀기 시작할 것이다. 예수님은 우리에게 구체적인 예를 들며 어떻게 해야 할지 알려주셨다. "누가 너에게 천 걸음을 가자고 강요하거든, 그와 함께 이천 걸음을 가주어라."(마태오복음 5장 41절) 예수님 당시 로마 군인들은 유대인들과 천 걸음에 이르는 거리를 동행하면서 그들에게 짐을 들어주거나 길을 안내하도록 요구할 권리가 있었다. 대부분의 유대인들은 이러한 요구를 받고서 로마인들에 대해 깊은 증오를 느끼며 마지못해 그 요구를 수행했다. 이 증오는 지배권력 앞에서의 무력감을 상기시켜줄 뿐이었다. 만약 한 유대인이 자진해서

천 걸음 대신 이천 걸음을 동행했다면, 그는 로마 군인과 친구가 되었을 것이다. 새로운 관계가 맺어졌을 것이다. 그리고 이 관계는 양쪽 모두에게 유익했을 것이다.

자기 자신에 대한 증오

인간은 자기 자신을 증오하기도 한다는 말을 도입부에서도 언급했었다. 자기 자신에 대한 증오는 단순히 화가 나는 것 이상의 훨씬 더 강력한 감정이다. 어떤 사람들은 이렇게 상담을 해온다. "저는 제 자신을 증오해요. 같은 실수를 계속해 반복할 때면 제 자신이 너무 싫어요. 너무 예민해서 배우자의 말 한 마디에 기분이 이랬다저랬다 하는 제 자신을 증오합니다."

이런 이야기를 들을 때마다 나는 이렇게 물어본다. "도대체 누구를 증오한다는 말인가요? 왜 자기 자신을 증오하나요?" 대부분의 사람들은 자기가 원하는 아주 구체적인 자기 모습이 있기 때문에 스스로를 증오한다. 자기가 원하는 모습에 자신의 실제 모습이 맞지 않기 때문인 것이다. 그 결과 자기 자신을 증오한다. 그렇다면 증오가 자신이 원하는 이상적인 모습에 이별을 고하고 겸허하고 현실적으로 자기 자신을 돌아보는 기회가 될 수도 있다. 나 자신을 있는 그대로 인정하는 것이다. 예민하고 상처 받은 모습, 다른 사람에게 상처를 주기도 하고 증오로 가득 차 있고 아무것도 통제할 수 없는 무력한 모습을 인정해야 한다. 물론 자기 모습을 인정하는 것은 괴롭고 힘든 일이다. 그렇기 때문에 겸허한 자세가 요구된다. 더 나아가 너그러운 마음이 요구된다. 나 자신에 대해 너그러워야 한다. 나의 부정적인 모습들, 내면의 혼란과 상처들을 껴안고 하느님의 사랑이 내 영혼의 어두운 구석들을 밝히시고 내 안에 존재하는 사랑이 그곳으로 스며든다고 상상해보자. 이러한 상상만으로도 끝없이 계속되었던 나 자신에 대한 증오로부터 점차 해방되고, 증오했던 부분들을 서서히 인정할 수 있게 될 것이다. 나 자신에 대한 평가와 판단을 내려놓고, 나 자신을 껴안을 수 있게 될 것이다. 그리고 이러한 껴안음과 나 자신에 대한 너그러운 마음은 내가 증오했던 나의 모습들을 변화시킬 것이다. 내가 증오했던 모습들이 사랑스러워질 것이다. 그렇게 되면 다시금 나 자신을 증오하게 될 만한 행동들을 반복하지 않게 될 것이다. 그리고 나 자신을 증오하는 것보다 껴안는 것이 훨씬 더 아름답다는 사실을 깨닫게 될 것이다.

나를 보호하는 것도 중요하다

다른 사람이 나를 증오하는 것은 또 다른 문제다. 증오를 받으면 고통스럽다. 다른 사람으로부터 증오를 받을 때 적절한 대응은 혹시 내가 그에게 상처를 주지는 않았는지 점검해보는 것이다. 만일 내가 그를 공정하게 대했고 증오 받을 이유가 없다면, 증오를 그에게 머물러 있게 하면 된다. 나를 증오하는 사람을 만족시키기 위해 고개를 숙이거나 그가 원하는 대로 반응할 필요는 없다. 그런 대응은 나 자신뿐 아니라 나를 증오하는 상대에게도 유익하지 못하다. 이때 할 수 있는 것은 다음과 같은 질문들이다. 그가 얼마나 불행하길래 나를 이유 없이 증오하는 것일까? 혹시 나에게 열등감을 느끼는 것일까? 아니면 내 모습에서 자기가 증오하는 자기 자신의 모습이 보이는 것일까? 이러한 질문들을 통해 상대가 느끼는 증오를 이해할 수 있게 된다. 이때 증오를 그에게 머무르게 하고, 그 증오에 휘둘리지 않도록 해야 한다. 또한 상대의 증오로부터 나를 보호하는 것 역시 중요하다.

하느님에 대한 증오

때로는 하느님에 대한 증오를 느끼는 사람들도 있다. 한번은 한 여성이 상담을 요청해왔다. "어머니의 건강을 회복시켜달라고 정말 열심히 기도했어요. 그런데 돌아가시고 말았어요. 그래서 저는 하느님을 증오하게 되었어요." 나는 그녀에게 이렇게 말해주었다. "하느님에 대한 증오는 하느님에 대한 실망의 표현입니다. 그런데 하느님은 우리가 상상하는 모습과는 다른 분이십니다. 열심히 기도하셨다고 하셨지요. 그럼에도 불구하고 큰 고통을 겪으셨습니다. 이제 문제는 하느님에 대한 증오를 어떻게 처리할 것인가입니다."

하느님에 대한 증오는 내가 상상한 좋은 하느님의 이미지, 늘 나를 보살펴주시고 나에게 좋은 것들만 허락해주실 분이라는 이미지로부터 벗어날 수 있는 기회다. 하느님은 우리가 상상할 수 없는 분이다. 그런데 어쩌면 우리는 하느님에게 지나치게 구체적으로 인간적인 아버지의 모습을 기대하고 있는지도 모른다. 하느님에 대한 증오는 하느님이 인간의 머리로 파악할 수 없는 존재라는 사실을 깨닫게 되는 계기를 제공한다. 하느님은 항상 인간적이면서 동시에 초인간적인 특징을 가지신 분이다. 하느님에 대한 증오는 하느님의 인간적인 속성을 향한 우리의 감정이다. 바로 우리가 상상했던 모습과 다른 모습을 하고 계신 하느님에 대한 미움인 것이다. 그렇기 때문에 증오는 인간적인 특징과 함께 하느님이 갖고 계시는 초인간적인 특징을 조금이나마 느껴볼 기회를 제공하기도 한다. 예를 들어 자연 속에서 느낄 수 있는 하느님 말이다. 창조물의 아름다움, 햇살의 따스함, 바람의 부드러움 속에서 하느님의 비밀을 느껴볼 수 있다. 증오는 지금까지 만들어낸 하느님의 이미지를 깨뜨리는 기능이 있다. 중요한 것은 증오 때문에 하느님으로부터 등을 돌려서는 안 된다는 것이다. 증오를 통해 하느님의 새로운 모습, 언제 어디서나 역사하시고 나를 창조하시고 내 영혼의 가장 깊고 은밀한 곳에 존재하시는 하느님을 발견해야 한다.

명
상
법

나에게 가장 큰 상처를 준 사람이 누구인지, 또 내가 가장 증오하는 사람이 누구인지 떠올려보자. 정확히 누구인지 떠오르지 않을 수도 있다. 만약 그렇다면 감사할 일이다. 그런 경우에는 같이 있으면 불편한 사람, 혹은 나에게 불친절하거나 큰 상처는 아니더라도 나에게 상처를 준 사람을 생각해보자. 차분하게 생각하다 보면 나를 증오하는 사람을 찾아내게 되는 경우도 있다. 그다음 바른 자세로 서서 손바닥을 펴서 앞으로 향하도록 팔을 들어 올린다. 손바닥을 통해 하느님의 축복이 나를 증오하거나 내가 증오하는 그 사람을 향해 쏟아진다고 상상해보자. 5분 정도 자세를 유지하며 축복하면 된다. 처음에는 증오하는 사람에게 축복을 하는 것이 거북할 수도 있다. 그럴 때는 축복이 나 자신을 보호하기 위한 방법이라고 생각하면 된다. 축복은 나를 향한 상대의 증오나 공격으로부터 나를 보호해준다. 나를 통해 하느님의 축복이 상대를 향해 쏟아지는 것을 느껴보자. 나는 더 이상 상처 받은 피해자가 아니다. 나는 적극적으로 증오에 대처하는 사람이다. 축복을 통해 상대를 향해 에너지를 발산시키는 사람이다. 그 결과 내 안에서부터 생명력이 솟아나게 된다. 그리고 어쩌면 축복을 한 후 상대를 새로운 시각으로 바라보게 될지도 모른다. 그는 더 이상, 나에게 상처를 주고 나를 증오하기만 하는 사람이 아니다. 그는 나를 통해 축복을 받은 사람이며, 하느님의 축복 아래 존재하는 사람이기도 하다.

서운함 속에서
발견하는
오래된 상처

12

서운함 뒤에 숨다

서운함의 이유는 당사자의 심리상태에 따라 매우 다양할 수 있다. 대부분의 경우 '대단한' 이유가 있는 것도 아니다. 얼마 전 수도원에서 개최된 한 세미나 중 일어난 사소한 사건을 보면 알 수 있다. 세미나에 참석한 것이 아니라, 개인적으로 수도원을 찾은 한 여성이 식사 시간이 되어 식당 한 켠에 있는 테이블에 앉으려 했다. 그러나 이 여성은 그 테이블이 세미나 참석자 전용이니 다른 테이블에 앉아 달라는 이야기를 들었다. 세미나 참석자들은 친절하게 설명을 했지만 여성은 서운함을 느꼈다. 일상생활 속 부부나 연인 사이에서도 사소한 것 때문에 서운함을 느끼는 일은 비일비재하다. 한쪽이 상대의 요구를 들어주지 않고, 자기 하고 싶은 대로 하는 경우가 대표적이다. 만약 남자가 그렇게 했다면, 여자는 남자가 자신의 마음을 충분히 이해해주지 못한다는 느낌을 받을 것이다. 결국 여자는 '토라져서' 입을 다물게 될 것이다. 또 다른 경우는 여자의 말 때문에 남자가 서운한 경우다. 남자는 무엇 때문에 서운한지 구체적으로 설명하지 않은 채 여자와의 대화를 거부하면서 자신의 심리 상태를 표현한다. 결국 '악순환'이 계속되는 것이다. 여자는 남자가 대화를 하지 않으면 다시 서운해하거나 화를 낸다. 여자는 남자에게 말을 하지 않으며 자신을 괴롭히고, 더 이상 어떻게 해야 할지 알 수 없게 한다며 비난을 한다. 그러면서 일반적인 대화들이 오가기 시작한다.

"서운하다고 하면 다야? 서운하다고 아예 말을 안 하면 어떻게 하란 말이야!"

서운함: 상대를 지배하는 법

매사에 예민하게 반응하며 쉽게 토라지는 종류의 사람들이 있다. 별것 아닌 일에 상처를 받고 여러 가지 상황을 상상하면서 화를 내는 그런 사람들이다. 그런 사람들은 스스로도 괴로워하며, 서운함에 빠져 헤어나지 못하는 자기 자신을 싫어하기도 한다. 그래서 입을 다물고 숨어버리기 일쑤다. 그런가 하면 서운해하는 것, 토라지는 것을 일종의 전략으로 활용하는 사람들도 있다. 상대방이 사과하기를 기대하면서 서운함을 표현하는 것이다. 상대방이 내 앞에서 자신을 낮추기를 기대하는 것이다. 만약 이 기대에 상대가 부응해준다면 서운함이라는 작은 방에서 다시 나올 의향이 있다. 어떤 문제로 의견이 충돌할 때 싸우지 않고 토라져버리는 것은 문제를 해결하는 한 가지 전략이 될 수 있다. 서운함이라는 작은 방에 들어가 문을 닫아버리면 갈등의 원인이 된 문제에 대해 솔직하게 대화를 나눌 수 없게 된다. 상대방이 더 이상 나를 공격할 수 없게 된다. 그리고 나는 상대방을 지배하게 된다. 서운함을 통해 나는 상대방에게 죄책감을 느끼게 할 수도 있다. "당신은 나에게 서운함을 느끼게 할 정도로 못되게 굴었어."라는 메시지를 전달함으로써 말이다.

이 상황에서 어떻게 해야 할까? 우리 모두가 겪는 서운함이라는 감정을 어떻게 다루어야 할까? 서운함 역시 긍정적인 감정으로 변화시켜야 한다.

자세히 마음 들여다보기

서운함을 변화시키기 위한 첫 번째 단계에서 우리는 우리의 마음을 자세히 들여다보아야 한다. 나에게 그토록 상처를 준 것이 무엇인지? 나를 아프게 한 것이 무엇인지? 상대방이 나의 가장 예민한 부분을 건드린 것일까? 아니면 그의 말과 태도가 나의 자존심을 상하게 했는가? 그가 나를 얕잡아 보고 있는가? 아니면 그의 태도가 불공정해 상처를 주는가? 또 아니면 그가 둔해서 내 마음을 헤아려주지 못하는 것인가? 그것도 아니라면 그는 오로지 자기밖에 모르는 사람인가? 내가 무엇 때문에 서운한지 정확하게 진단해보는 것이다.

그다음 단계에서는 상대에게 내가 상처를 입었다는 사실을 말해주는 것이다. 그리고 무엇 때문에 상처가 났는지 설명해보는 것이다. 공격적으로 정죄하거나 따지는 것이 아니다. 상대에게 그의 언행이 나에게 상처를 주었다는 사실을 전달하는 것뿐이다. 그러면 상대는 자신의 언행이 나에게 어떤 작용을 일으켰는지 알게 된다. 이제 언행을 고칠지 말지는 그의 자유다. 미안하다고 표현하는 사람도 있을 것이다. 그러나 자신을 방어하며 상처 입은 사람에게 너무 예민하다는 식의 비난을 하면서 또다시 상처를 주는 사람도 있을 것이다. 매사를 부정적으로 해석하고 어떻게 대하든 어차피 상처 받을 거 아니냐며 따지면서 말이다. 만약 상대방이 이런 식으로 자신을 정당화시키며 공격한다면, 이성적인 대화는 불가능해진다. 여기에서 중요한 점은 내가 느낀 서운함을 진지하게 받아들여야 한다는 것이다. 나는 정말로 상처를 입은 것이다. 상대방이 어떤 변명을 늘어놓든 간에 나는 상처를 입은 것이다.

마음의 거리 두기

이러한 부정적 감정으로부터 자유로워지는 가장 효과적인 방법은 내가 느끼는 상처로부터 거리를 두는 것이다. 우선 상처와 고통을 인지해야 한다. 그러나 나는 고통 이외의 것들도 느끼는 사람이다. 따라서 고통으로부터 거리를 두는 것도 가능하다. 어느 정도 거리가 존재해야 상처와 고통을 처리하고, 나에 대한 그러한 감정의 지배로부터 벗어날 수 있게 된다. 상처와 고통을 못 본 척하거나 부정해서는 안 된다. 그것들을 인지하고 인정해야 한다. 그러나 상처와 고통은 나라는 인간의 일부분일 뿐이다. 나는 고통이 존재하지 않는 영혼 속 공간으로 들어가, 가능한 그곳에 머물러 있어야 한다. 그리고 바로 그곳에서부터 서운함이라는 감정을 자세히 관찰하며 내적 거리를 유지하는 것이다.

고통이 없는 그 공간은 어떤 곳일까? 어떻게 하면 그곳으로 들어갈 수 있을까? 고통이 존재하지 않는 공간으로 들어가라는 말은 내가 상처 받은 적이 없다고 상상하라는 말이 아니다. 일상에서 우리의 감정을 다루는 데 도움이 되는 이 공간을 설명하기란 쉽지 않다. 그래도 설명해보겠다. 나에게 그 공간에 어떻게 들어가느냐고 물으면 난 이렇게 설명하곤 한다. 가슴속에 분노, 시기, 서운함 등의 감정을 느껴보자. 그리고 의식이 그 감정들을 따라가 보는 것이다. 그 감정들을 따라가면 어디에 도달하게 되는가? 계속해서 새로운 감정들을 만나게 되는가? 모든 감정들을 통과하고 나면 그 이면에 감정들이 들어갈 수 없는 공간과 마주하게 된다. 신비주의자들은 모든 생각과 감정 아래 존재하는 이 공간을 영혼의 심연이라는 표현을 써서 설명한다. 마음속 가장 깊은 곳에 어떤 사람도, 어떤 감정도 들어올 수 없도록 잠가놓을 수 있는 방이 있다. 중세 철학자 카타리나 폰 시에나는 내면의 방이라는 표현을 사용하기도 했다. 내면 깊은 곳에 아무도 들어오지 못하게, 그 어떤 감정도 스며들 수 없게 잠가놓을 수 있는 방을 상상해보자. 고통도 들어갈 수 없는 이곳의 위치를 입증하거나 구체적으로 알려주는 것은 불가능하다. 그렇지만 그러한 공간을 상상해보라. 나는 회의에서 토론을 하다가 화가 나거나 상처를 입은 느낌이 들거나 서운해지면 이렇게 생각한다.

'그래 이 모든 감정들이 지금 내 마음속에 존재하고 있어. 그것들을 인정하자. 그러나 이 모든 감정들보다 더 깊은 곳에 나만의 공간, 그 무엇도 침범할 수 없는 방이 있다. 나에게 편안

함을 주는 공간, 어떤 고통도 느끼지 못하는 공간이다.'

거리를 두면, 감정을 받아들일 수 있게 된다

위에서 제안한 방법으로 감정에 거리를 두는 연습을 하다 보면, 서운함이 전적으로 나를 지배하지는 못한다는 느낌을 경험하게 된다. 그리고 서운함이 내 마음 전부를 장악하지 못한다는 사실도 깨닫게 된다. 적어도 어느 정도는 서운함 등의 감정으로부터 자유로울 수 있다. 이처럼 감정에 거리를 두면, 감정을 수용하는 것도 가능해진다. 서운함을 인정하고 수용하는 것이 그것을 변화시키기 위한 첫 번째 단계다. 그다음 단계에서는 예민한 부분들과 화해를 해야 한다. 때로는 사소한 말이나 행동에 대해 과민반응을 보이는 아주 예민한 부분들이 내 안에 존재한다는 사실을 인정해야 한다. 그리고 상처가 되는 말들 때문에 또다시 아프기 시작한 오래된 상처와 화해를 해야 한다. 이 단계에서 시간이 오래 걸리기도 한다. 그러나 반드시 거쳐 가야 하는 단계이다. 다른 사람과 대화를 나누면서 내 안에 존재하는 상처와 거리를 둘 수 있게 된다면, 나중에 나 혼자만의 시간에 나를 아프게 하는 나의 예민한 부분들과 오래된 상처들을 다시 한번 찬찬히 살펴볼 수 있다. 그리고 이 부분들을 하느님 앞에 내려놓음으로써 하느님의 사랑이 그것들을 변화시킬 수 있다. 이 과정을 거치고 나면, 서운함을 느끼는 나 자신에 대한 비난을 중단할 수 있게 된다. 나에게 상처를 준 다른 사람들에 대한 비난도 마찬가지다. 서운함이라는 감정은 내 안에 존재하는 오랜 상처들을 들여다보면서, 그 상처들과 관련된 사건들을 떠올리며 내면의 화해를 이룰 수 있는 기회가 될 수도 있는 것이다. 하느님의 사랑이 오랜 상처에 스며들면, 상처는 더 이상 내 삶을 방해하지 않게 된다. 오히려 상처가 있어서 하느님의 영과 하느님의 사랑을 찾게 되는 것이다. 하느님의 사랑을 상처에 스며들게 하면 할수록, 변화는 더욱 효과적으로 일어날 것이다. 그리고 어느 순간 상처와 예민한 부분들은 사라져 버릴 것이다. 흉터 정도는 남아 있을지 모르지만, 적어도 더 이상 고통을 주지는 않을 것이다. 상처가 치유되었기 때문이다.

공감은 고통을 변화시킨다

다른 사람과 내 안에 존재하는 상처에 대해 그리고 나의 예민한 부분들에 대해 이야기를 나누는 것은 큰 도움이 된다. 상담가나 심리치료사에게 자신의 상처에 대해 이야기를 하고 나면, 그 상처와 어느 정도 거리를 둘 수 있게 되며 상담을 하는 과정에서 상대방으로부터 이해 받는다는 사실을 느끼게 된다. 그것은 상처 받은 내가 홀로 남겨진 것이 아니라는 확신을 준다. 다른 사람으로부터 공감을 얻기 때문이다. 공감은 상처를 변화시키는 힘이다. 우리는 공감을 얻을 때 있는 그대로 사랑받을 수 있다는 사실을 깨닫게 된다. 그리고 스스로를 평가하고 정죄하는 대신 스스로를 사랑하고 받아들이게 된다.

단단히 삐쳤거나 서운했던 경험을 떠올려보자. 당시 상황을 구체적으로 떠올리면서 어떻게 반응했었는지 기억해보자. 당시 느꼈던 감정을 다시 한번 느껴보자. 어떤 감정이었던가? 무엇 때문에 마음이 불편했었던가? 그러고 나서 생각해보자. 서운함을 통해 다른 사람들에게 어떤 메시지를 전하고 싶었나? 혹시 서운함이나 삐침을 통해 다른 사람들을 공격하려고 했었나? 아니면 서운함을 통해 상대방을 무기력하게 만들고 상처를 주어 복수하려고 했었나? 서운함을 평가하지 말고, 당시 상황에 몰입해서 서운한 감정을 갖게 된 동기를 찾아보자. 결국 내 자신이 나를 보호하기 위해 또는 상대방을 지배하고 통제하기 위해 얼마나 치밀하고 간사하기까지 한지 놀라게 될 것이다. 다른 사람들이 나에게 상처를 줄 때 내가 보인 반응을 다시 한번 객관적으로 살펴보자. 객관적인 관찰을 통해 우리는 똑같은 상황에서 보다 성숙하게 반응할 수 있는 사람으로 성장할 것이다.

13

슬픔에
창의적으로
대처하기

슬픔도 삶의 일부다

슬픔을 느끼는 것은 병이 아니다. 슬픔은 인간이 느끼는 감정 중 하나이다. 그리고 이 세상에는 슬픔을 느끼게 하는 상황들이 수없이 많다. 사랑하는 사람이 세상을 떠나면 슬픔이라는 어두운 수렁에 빠지고 고통이 나를 점령해버리는 기분이 들 수 있다. 누군가가 나를 실망시킬 때도 슬퍼진다. 무언가를 상실했을 때도 슬픔을 느끼게 된다. 일이 제대로 되지 않고 실패하거나 다른 사람과의 대화가 뜻대로 되지 않을 때도 마찬가지다. 누군가와 다투고 난 후에도 마음이 좋지 않다. 마음속을 흐리는 이 슬픈 감정은 며칠 동안 계속되기도 한다. 또한 아버지나 어머니의 약점을 알게 되는 등 실망스러운 일이 생기면 슬픔이 찾아온다. 친구가 나를 배신하거나 나에게 상처를 주어도 그렇다. 나이가 많은 사람들이 외로워하며 인생에 대한 불만으로 가득한 모습을 보는 것도 슬픔을 자극한다. 때로는 알 수 없는 이유 때문에 슬픔을 느끼게 될 때도 있다. 인간이기 때문이다. 우리는 이유 없이 슬픔에 잠기기도 한다.

슬픔과 애도

과거 수도사들은 슬픔(뤼페)과 애도(펜토스)를 구분하였다. 슬픔은 자기 자신에 대한 연민이라고 볼 수 있다. 에바그리우스는 슬픔의 바탕에는 유아적 욕구들이 깔려 있다고 했다. 그러한 욕구들이 충족되지 못해 마치 어린아이처럼 징징대면서 슬퍼하는 반응이 일어난다는 것이다. 충족되지 않은 욕구들에 집착하면서 스스로를 연민하는 것이다. 이 슬픔의 원인은 과거에 있기 때문에 현재에 대한 반응으로는 적절하지 못하다.

반면 애도는 고통을 통해 충족되지 않은 욕구를 지나 영혼의 가장 깊은 곳에 도달함으로써 평화를 찾고자 하는 의지를 수반한다. 애도를 통해 우리는 내면의 고요한 공간에 도달하고 그곳에 머무시는 하느님과 진정한 나 자신을 만나게 된다. 심리학에서는 '애도작업'이라는 개념을 사용해, 자기 자신이나 자기 삶에 대한 착각으로부터 벗어나 자신의 실제 모습을 수용하는 방법을 소개하고 있다.

독일어에서 '슬프다'를 뜻하는 'traurig'는 가라앉다, 지치다, 힘을 잃다, 쓰러지다를 뜻하는 단어와 깊은 연관 관계가 있다. 슬픈 사람은 고개를 떨구며, 슬픔의 나락으로 끝없이 추락하는 사람을 뜻한다.

멜랑콜리와 창의력

우리가 슬픈 감정을 느끼는 것은 인간이기 때문이다. 구전되어 전해 내려오는 민요들 중에는 멜랑콜리하고 구슬픈 노래들이 많다. 멜랑콜리는 중세시대에만 해도 긍정적인 감정으로 여겨졌다. 예술가라면 멜랑콜리해야 창의력을 발휘할 수 있다고 믿었다. 다시 말해 멜랑콜리는 창의적으로 무언가를 만들어낼 수 있는 원동력으로 간주되었다. 멜랑콜리를 창의력으로 변화시키는 것이 예술이라고 할 수 있다. 노래는 슬픔과 멜랑콜리를 변화시키는 가장 대표적인 도구다. 슬픈 감정을 노래로 표현하다 보면 슬픔이 변화된다. 노래를 하면 영혼의 가장 깊은 곳에 도달하기 때문이다. 그곳에서부터 기쁨과 사랑이 솟아난다.

슬픔을 변화시키는 가장 좋은 방법은 슬픔을 표현하는 것이다. 그리고 슬픔을 표현하는 데에는 다양하고 창의적인 방식들이 있다. 노래를 하거나 이야기를 통해 슬픔을 표현할 수 있다. 슬픈 기분을 표현하면 슬픔은 변한다. 여기에서 슬픈 감정을 어떻게 표현할 것인가가 중요한 문제다. 우선 나의 성공과 경건에도 불구하고 슬픈 감정을 느낀다는 겸허한 고백으로 슬픔을 표현할 수 있다. 그러나 슬픔을 이야기한다면서 계속 징징거리고 앓는 소리만 할 수도 있다. 후자의 경우 슬픔을 변화시키기 어렵다. 왜냐하면 앓는 소리만 늘어놓는 경우, 계속해서 내 주위를 빙빙 돌면서 나 자신에 대한 연민에서 벗어나지 못하기 때문이다. 상대에게 내 이야기에 대한 자신의 느낌을 말하고 나에게 조언할 수 있는 기회를 주면서 진지하게 나의 슬픔을 이야기할 때에만 슬픔이 변할 수 있다. 대화를 하려면 다른 사람의 이야기에 귀를 기울일 줄 알아야 한다. 또한 상대에게 솔직하게 내 마음속 이야기를 할 줄 알아야 한다. 이런 대화를 통해서 나 자신에 대한 집착과 자기연민으로부터 자유로워질 수 있다.

슬픈 감정을 표현하는 것은 그림을 통해서도 가능하다. 마음속 어둠을 종이 위에 그려보는 것이다. 그러면서 점점 그 어둠으로부터 거리를 두는 것이다. 내면의 혼란을 그림으로 옮겨

놓고 바라보면서 생각해볼 수 있는 시간을 갖는 것이다. 내면의 혼란을 꺼내어 종이 위로 옮기는 것이다. 그 결과 더 이상 그 혼란의 지배를 받지 않게 된다. 마음속에 있던 것들을 바라보고 다른 사람에게도 보여줄 수 있게 된다. 벌써 자유로워짐을 느낀다. 음악 역시 슬픈 감정을 표현하는 좋은 수단이다. 한번은 상담하러 온 사람이 이런 이야기를 한 적이 있다. "저는 슬픈 곡을 피아노로 연주하는 걸 좋아해요. 마음이 차분해지거든요." 피아노뿐 아니라 바이올린이나 첼로 등 모든 종류의 악기가 감정을 표현하기에 좋다. 악기로 연주할 수 있는 곡은 무수히 많다. 그중에서 내 마음에 드는 곡을 선택하면 된다. 슬픔과 기쁨을 모두 표현하는 곡이면 가장 좋다. 모차르트의 작품들이 슬픔과 기쁨의 양극단을 표현하는 대표적인 곡들이다. 슬픔이 가득한 멜로디 뒤에 경쾌한 곡조가 이어진다. 때로는 악기를 이용해 마음속에 떠오르는 멜로디를 즉흥적으로 연주해보는 것도 슬픔을 변화시키는 좋은 방법이다. 슬픈 감정을 회피하지 말고 표현함으로써 변화시키는 것이다.

신앙적인 변화의 방법

심리학적 방법들 외에도 신앙적인 방법들을 이용해 슬픔을 변화시킬 수도 있다. 그중 하나가 내 영혼의 가장 깊은 곳 아래로 내려가는 방법이다. 개인적으로 슬픔을 변화시키는 데 많은 도움이 된 방법이다. 나는 일요일 오후 조용히 방에 앉아 있을 때 종종 슬픔을 느낀다. 나는 그때마다 이렇게 하곤 한다. 우선 내 마음속 슬픔을 느껴보는 것이다. 그다음 상상력을 동원해 마음속 그 슬픔을 지나 골반 높이 정도까지 내려가는 것이다. 그즈음에 영혼의 바닥이 있다고 상상하는 것이다. 그곳에서 나는 평화와 사랑을 발견한다. 그렇다고 해서 슬픔이 단번에 사라지는 것은 아니다. 그러나 적어도 슬픔에 지배 당하지는 않게 된다. 슬픔이 영혼의 가장 깊은 그곳까지 인도해준 셈이다. 그곳에서 나는 내 모습, 내 삶, 내 외로움에 이르는 모든 것에 동의할 수 있다. 그러고 나면 모든 사람들과 하나가 된 기분이다. 외로워하는 수많은 사람들의 느낌을 공유하기 때문이다. 이제 더 이상 외롭지도 슬프지도 않다. 더 나아가 하느님과도 하나가 된 기분이다. 하느님과의 하나됨은 내 마음속에 풍성함과 기쁨을 준다.

영혼의 바닥, 영혼의 가장 깊은 곳은 앞에서 이야기했던 고통이 없는 공간이다. 추상적인 개념이라 비유적으로만 설명할 수 있는 공간이다. 물론 슬픈 감정을 피해 이곳으로 도망쳐버리는 경우도 있다. 신체적 반응과 감정을 무시한 채 영혼의 공간 속으로 사라져 버리는 경우도 있다는 말이다. 그러지 않기 위해서는 슬픔을 충분히 느끼고 받아들이며, 지나치게 성급하게 영혼의 가장 깊은 곳으로 들어가버리지 말아야 한다.

하느님이 허락하신 슬픔과 우리 안에 존재하는 갈망

성서에도 슬픔을 변화시킨 사람들의 이야기가 등장한다. 바오로는 코린토 교회에서 일어난 갈등 때문에 슬퍼했다. 그래서 코린토 교회에 서신을 보내 코린토 교회로 인해 슬퍼한다는 사실을 알렸다. 그 이야기를 듣고 신자들도 슬퍼했다. 그리고 코린토 교회 신자들이 슬퍼하게 된 것이 잘된 일이라고 기록한 것이다. 그 슬픔이 그들의 태도를 바꿔 바오로를 이해하고 수용할 수 있게 해주었기 때문이다. 바오로는 하느님의 뜻에 맞는 슬픔과 세속적인 생각으로부터 나오는 슬픔을 구분한다. "하느님의 뜻에 맞는 슬픔은 회개를 자아내어 구원에 이르게 하므로 후회할 일이 없습니다. 그러나 현세적인 슬픔은 죽음을 가져올 뿐입니다."(코린토 신자들에게 보낸 둘째 서간 7장 10절)

하느님이 허락하신 혹은 하느님의 뜻에 맞는 슬픔은 인간의 근본적인 갈망을 세상이 충족해주지 못한다는 사실을 깨닫게 해준다. 이 슬픔은 하느님을 향한 목마름을 느끼게 해준다. 분쟁이 가득한 세상은 실망을 안겨줄 뿐, 그 갈망을 해결해주지 못한다. 이런 의미에서 슬픔은 하느님을 향해 나아갈 수 있는 계기를 마련해준다. 그러나 세속적인 슬픔은 세상이 나의 유아적 욕구들을 충족해주지 못한 데 따른 것이다. 그 슬픔 속에 머물러 있으면 끊임없이 충족되지 않은 욕구에 대한 갈증만 느끼게 되며, 의욕적으로 삶을 개척해나가기를 거부하게 된다. 그리고 삶에 대한 거부감은 죽음을 불러온다. 이 슬픔은 내면의 죽음을 의미한다. 살아도 사는 게 아닌 인생이 되는 것이다.

바오로는 이 세속적인 슬픔, 현세적인 슬픔을 하느님의 뜻에 부합하는 슬픔으로 변화시키고자 했다. 그래서 하느님의 뜻에 맞는 슬픔이 코린토 교회에 어떠한 변화를 가져올 수 있는지를 설명하였다. "보십시오, 하느님의 뜻에 맞는 바로 그 슬픔이 여러분에게 얼마나 큰 열성을 불러일으켰는지! 게다가 여러분의 그 솔직한 해명, 의분, 두려움, 그리움, 열정, 징계도 불러일으켰습니다. 여러분은 그 일과 관련하여 모든 면에서 잘못이 없음을 보여주었습니다."(코린토 신자들에게 보낸 둘째 서간 7장 11절) 코린토 교회의 신도들은 바오로의 편지로 인해 느꼈던 슬픔 덕분에 바오로를 부당하게 공격하고 배신한 자와 거리를 두고 결국에는 그를 징계하게 된다. 더 중요한 것은 코린토 교회 신도들이 느낀 슬픔이 가져온 태도의 변화다. 슬픔은 코린토 교회의 신자들 마음속에 좋은 일을 하고 교회 공동체를 바로 세우기 위한 큰 열정을 불러일으켰다. 슬픔은 두려움을 불러일으키기도

했다. 여기에서 두려움은 공포가 아니라, 바오로로 인해 깨닫게 된 타인의 어려움, 고통을 수용할 의지를 말한다. 더 나아가 슬픔은 코린토 교회의 신도들로 하여금 그들의 갈망을 발견하게 했다. 갈망은 궁극적으로 하느님에 대한 그리움과 갈증을 말한다. 그들은 인간과 인간 사이의 갈등을 통해 완벽한 공동체 속에서 영원히 행복할 수 있을 거라는 착각으로부터 벗어날 수 있었던 것이다. 슬픔은 하느님이 우리의 가장 깊은 곳에 있는 바람을 들어줄 것이고 오직 하느님만이 진정한 평화, 안식, 행복을 허락하실 수 있다는 사실에 대한 깨달음과 그것들에 대한 갈망을 인식하게 해주었다.

모른 척하지 않기

우리는 바쁘게 지내면서 슬픔을 회피하려는 경향이 있다. 만약 슬픔을 의식적으로 인지해 바쁘게 활동한다면, 그것은 좋은 대응방식이다. 그러나 슬픔을 무시하고 바쁜 일상으로 슬픔을 회피하려는 것은 좋지 못한 대응방식이다. 그것은 나 자신으로부터 도망치는 것과 마찬가지이기 때문이다. 일요일 오후 조용히 앉아 있을 때 슬픔이 느껴지면 나는 슬픔을 허용하며 슬픔의 이면까지 자세히 살펴본다. 우리는 언제든 슬픔을 인정할 수 있어야 한다. 오늘은 슬프다. 그렇지만 지금부터는 내가 좋아하는 것들을 할 것이다. 산책도 하고 글도 쓸 것이다. 이렇게 자신이 좋아하는 일을 통해 인간은 슬픔을 변화시키고 극복하게 된다. 그러나 계속해서 슬픔을 억누르려 애를 쓴다면 나는 지쳐버리고 말 것이다. 슬픔은 변화되어야 하는 대상이다. 슬픔 속을 지나고 나면 슬픔은 변화된다. 그리고 내 영혼과 육신에 유익한 활동들을 하며 슬픔에 대응함으로써 슬픔은 변화된다.

명
상
법

　사람들이 없는 조용한 곳에 앉아 자기 자신에게 집중해보자. 심장과 가슴 부위로 의식을 가져가보자. 그곳에 슬픈 감정이 위치하고 있다고 상상해보자. 그리고 슬픔 속으로 들어가보자. 어떤 느낌인가? 그다음 슬픔을 통과해 지나가보자. 슬픔이 가슴 부위에만 가득하고 배 부위에는 영향을 주지 못한다고 상상해보자. 의식을 가슴 부위를 지나 배 쪽으로 내려보내고 골반 높이 정도까지 이동시켜보자. 바로 골반 높이 정도에 영혼의 바다, 고요한 공간이 존재한다. 그곳은 슬픔이 침범하지 못하는 곳이다. 내면의 참된 평화를 되찾을 수 있는 곳이다. 마음의 고향 같은 곳, 사랑이 존재하는 곳이다. 그다음 이 공간을 모든 사람에게 개방해주는 것이다. 이제 나는 영혼의 가장 깊은 곳에서 모든 사람과 하나가 된 것이다. 특히 외로워하는 사람들과 하나가 된다는 그 느낌에 주목해보자. 그러면 마음이 커지는 느낌이 든다. 슬픔은 평화로 바뀌게 된다. 슬픔은 내 삶을 인정하고 받아들이며 나 자신, 하느님, 다른 사람들, 모든 창조물과의 깊은 연대감과 공동체 의식으로 바뀌게 될 것이다.

14

걱정과
근심
변화시키기

걱정도 삶의 한 부분이다

나이가 많든 적든 누구든지 걱정을 한다. 미래는 늘 불확실
하고 불안정하기 때문이다. 자신에게 닥칠 일들을 정확하게 예
견할 수 있는 사람은 없다. 물론 미래를 준비하고 계획할 수는
있다. 그래도 미래는 불확실하다. 불확실성이 커질수록 걱정도
커진다. 불확실성은 인간의 삶이 갖는 대표적인 특징이다. 인간
은 자기 건강을 통제하지 못하며 수명이나 자녀의 안녕을 보장
하지도 못한다. 그 밖에도 아직 아이들을 양육해야 하는 상황인
데, 갑자기 실직을 하거나 빚을 지게 되어 당장 오늘내일의 생
계를 유지하는 데 문제가 생길 수도 있다. 어떤 사람들은 노후

에 대해 걱정이 많다. 젊은 신혼부부가 먼 훗날을 걱정하는 경우도 드물지 않다. 어려움이 닥칠 때 우리 관계가 그 어려움을 견딜 수 있을까? 우리 관계가 영원히 유지될 수 있을까? 만약 자녀를 계획하고 있다면, 아이가 건강하게 태어날지 아니면 장애나 건강 문제를 가지고 태어나는 것은 아닌지 걱정을 한다. 자녀 교육은 또 어떻게 할 것인가? 안전하지 않은 이 세상에서 아이를 낳고 키워도 되는 것일까? 부모는 아이가 아무 사고 없이 잘 자랄 수 있을까 불안해한다. 주변에 사춘기를 힘들게 보내고 학교에서 뒤처지며 결국 성인이 되어서도 '하층사회'에 속하게 되는, 소위 문제아들을 보면 걱정이 된다. 그들의 미래는 어떨까? 결국 결말은 불행할까? 걱정도 인생의 한 부분이다. 우리의 존재 자체가 걱정이다. 철학자 마르틴 하이데거는 인간을 걱정하는 존재로 정의하기도 했다. 세상에 태어나 존재하는 이상, 자기 자신과 자신의 생존을 위해 걱정해야 하는 존재라는 말이다. 인간은 걱정 때문에 편안할 날이 없다. 걱정을 피할 방법도 없다. 우리가 원하든 원하지 않든 걱정을 달고 살 수밖에 없다. 우리 마음과 생각으로부터 걱정을 뿌리째 뽑아버릴 방법은 없다. 우리가 할 수 있는 것은 걱정을 변화시키는 것뿐이다. 그렇다면 어떻게 변화시킬 것인가?

독일어에서 '걱정'이라는 단어 'Sorge'는 '근심과 비탄'이라는 뜻을 지닌다. 다시 말해 걱정은 불편한 것이다. 사람을 근심하게 만드는 것이다. 걱정을 많이 하는 사람은 다른 사람들을 불편하게 만든다. 그런 사람은 대하기가 어렵다. 마음의 평화를 모르는 사람이다. 그런데 독일어에서 걱정을 뜻하는 'Sorge'가 갖는 부정적인 의미는 시간이 흐르면서 변했다. 이 단어는 꼼꼼하게(sorgfältig) 일하다, 사전대비(Vorsorge)를 하다, 다른 사람을 배려하며(fürsorglich) 대한다는 표현에 사용되기 시작한 것이다. '꼼꼼하게'를 뜻하는 'sorgfältig'는 원래 걱정(Sorge)으로 얼굴에 주름(Falten)이 많이 생긴 사람을 가리키는 말이었다. 그러나 시간이 지나면서 이 단어는 '정확하고 주의 깊은'의 의미를 갖게 되었다. 단어의 뜻이 변한 것은 어쩌면 태도가 변화되었다는 의미이기도 하다. 중세에는 고대나 성서에서 그렇듯 걱정을 부정적인 것으로 인지하였다. 우리는 지나치게 걱정을 많이 한다. 걱정 때문에 인생이 힘들어진다. 그러나 근대로 들어서면서 걱정은 긍정적인 의미를 갖게 된다. 걱정하는 사람은 꼼꼼하고 다른 사람을 배려할 줄 알고 무엇이든 정확하게 그리고 제대로 해내는 사람이다. 예를 들어 아이를 돌보는 책임이 있다면, 아이가 건강하게 잘 자랄 수 있도록 최선을 다할 것이다.

다른 사람을 위한 걱정이나 내 생계, 가족의 건강과 안녕을 위한 걱정을 변화시키기 위한 신앙적인 방법은 기도다. 기도는 하느님 앞에 나의 걱정을 내놓는 것이다. 걱정을 없는 척하거나 걱정을 무조건 억누르는 것이 아니다. 하느님에게 나의 걱정을 의뢰하는 것이다. 하느님에 대한 신뢰가 걱정을 변화시킬 수 있다. 다른 사람을 위한 기도는 사랑의 표현이다. 그들을 사랑하기 때문에 그들을 위해 기도하는 것이다. 걱정 속에서 우리는 무력감을 깨닫기도 한다. 아무리 걱정을 많이 한다 해도 자녀의 행복을 보장해줄 수 없고, 내 건강 하나도 담보할 수 없다. 세상에 내가 보장할 수 있는 것은 아무것도 없다. 걱정은 걱정이 되는 만큼 하면 된다. 대신 걱정 때문에 머리를 쥐어뜯어서는 안 된다. 걱정을 기도 가운데 쏟아내면 된다. 그러면 걱정은 변할 것이다.

걱정하고 있는가

많은 사람들이 걱정하지 말라는 예수님의 유명한 말씀이 도전적이라고 생각한다. 비현실적으로 들리긴 하지만 고려해볼 만한 말씀이다. "그러므로 내가 너희에게 말한다. 목숨을 부지하려고 무엇을 먹을까, 무엇을 마실까, 또 몸을 보호하려고 무엇을 입을까 걱정하지 마라. 목숨이 음식보다 소중하고 몸이 옷보다 소중하지 않으냐? …… 너희 가운데 누가 걱정한다고 해서 자기 수명을 조금이라도 늘릴 수 있느냐?"(마태오복음 6장 25절, 27절)

이 구절들은 일종의 교훈시 같다. 이 구절의 원문에서 사용된 걱정을 뜻하는 그리스어 '메림나'는 걱정스럽게 무언가에 '마음을 쓴다', 무언가를 '우려한다', 무언가를 '두려워한다'는 의미를 지닌다. 바로 인간이 헤어 나오지 못하는, 인간을 괴롭게 하는 걱정을 말한다. 예수님은 아무것도 하지 말라고 말씀하시지 않는다. 예수님은 씨를 뿌리지도 않고 거두지도 않는 하늘의 새들을 눈여겨보라고 하시면서 농부가 하는 일들을 염두에 두셨다. 농부는 계속해 자신의 임무를 수행하되, 걱정하며 스스로를 괴롭게 하지 말라는 말씀을 하시는 것이다. 농부는 하느님이 농부가 한 모든 수고 위에 축복해주실 거라 믿으라는 것이다. 농부가 아무리 열심히 밭을 관리한다 해도 날씨를 마음대로 조절할 수는 없다. 그렇기 때문에 자신이 한 모든 수고가 헛되지 않게 하느님이 좋은 환경을 허락해주실 거라 믿어야 한다. 우리는 무엇이 가장 중요한 것인지 잊어서는 안 된다. "너희는 먼저 하느님의 나라와 그분의 의로움을 찾아라. 그러면 이 모든 것도 곁들여 받게 될 것이다."(마태오복음 6장 33절)

이 세상에서의 삶을 무의미하고 무책임하게 살라는 게 아니다. 필요한 준비와 대비는 해야 한다. 문제는 궁극적으로 무엇을 바라보아야 하는 것인가이다. 만일 내 성공과 안전에만 목표를 둔다면 두려움 속에서 내 임무를 수행하게 될 것이다. 두려움은 어떤 일을 하는 데 있어서 그 일을 제대로 못하게 하는 장애물과 같다. 하느님에 대한 신뢰, 하느님의 나라를 바라보는 것은 맡은 임무에 최선을 다하되 걱정 때문에 골치 아파할 필요가 없게 만든다. 하느님이 내 안에서 나를 다스리시면 나를 괴롭게 하는 걱정으로부터 자유로워질 수 있다. 예수님은 가족과 세상과 미래를 위해 걱정하지 말라고 하지 않으신다. 그러나 우리를 두렵게 만드는 걱정이 우리의 영혼을 어둠 속으로 밀어 넣는다는 사실을 아신다.

불확실성은 그대로다

걱정을 변화시켜도 미래에 대한 불확실성과 위험이 사라지는 것은 아니다. 우리 삶의 환경은 그대로다. 그러나 걱정을 변화시키면 적어도 그 환경에 대한 반응을 자유롭게 선택할 수 있게 된다. 두려움과 걱정으로부터 완전히 자유로워질 수는 없다. 그러나 걱정을 통해 하느님을 바라보며 적어도 내 안에 신뢰에 대한 갈망이 존재한다는 사실을 인식할 수 있게 된다. 신뢰에 대한 갈망을 갖는다는 것은 내 안에 이미 신뢰가 싹트고 있다는 뜻이다. 이제 신뢰에 대한 이 갈망을 충족시키면 된다.

명
상
법

하루를 마치고 저녁 시간에 조용히 앉아 스스로에게 물어보자. 오늘 무엇 때문에 걱정을 했었나? 누구를 위해 걱정을 했었나? 지금 이 순간 나는 무슨 걱정으로 괴로워하는가? 누구 때문에 걱정하는가? 그러고 나서 다시 점검해보자. 오늘 종일 걱정한 것이 긍정적인 결과로 이어졌는가? 결심했던 것들을 달성했는? 아니면 하느님이 매사에 가장 좋은 길로 인도하심을 경험하였는가? 만약 지금도 걱정거리가 있다면, 하느님에게 그 걱정을 의뢰하고 그분이 해결하시도록 하자. 내가 걱정하는 사람들도 하느님에게 맡기자. 내가 걱정하는 사람이 하느님의 축복 아래 서 있고 천사의 보호를 받고 있다고 생각해보자. 그러면 잠자리에 들기 전 그 사람에 대한 생각과 걱정에서 자유로워질 것이다. 하느님에게 그 사람을 의뢰하는 것이다. 그러면 하느님은 천사를 보내 그 사람이 잘못된 길로 가고 있을지라도 그가 다시 바른 길로 갈 수 있게 인도해주실 것이다.

15

수치심 속에
숨어 있는
긍정적인 힘

있는 그대로를 보여주는 것이 상처가 될 때도 있다

수치심은 여러 얼굴을 갖고 있다. 그러나 수치심을 느끼게 되는 다양한 상황들은 하나의 공통점이 있다. 수치심을 느끼는 사람은 발가벗겨진 듯한 느낌을 경험하며, 존엄성에 상처를 입게 된다는 점이다. 우리가 가장 숨기고 싶어하는 것이나 매우 은밀한 것이 밝은 조명 아래 공개되어 버리기 때문이다. 내 실수가 만천하에 공개되거나 내가 실패했다는 사실이 알려질 때 우리는 수치심을 느낀다. 수치심은 다른 사람들과의 관계와 직접적인 연관성이 있다. 내가 다른 사람들에게 보여주기 위해 설정한 나의 이미지가 망가지면 수치심을 느낀다. 실직한 아버지들이 수치심을 경험하게 된다. 그래서 아이들 앞에서 변함없이 출근하는 아버지의 모습을 보여주기 위해 아침이 되면 어디로든 나가는 사람들이 있다. 늘 건강을 자부하다가 갑자기 뇌졸중으로 건강을 잃은 사람은 과거 자신의 모습을 상실하고 여러 가지 면에서 삶이 제한되었다는 사실에 수치심을 느낀다. 사실 아주 '사소'하고 별것 아닌 듯 보이는 사건들 때문에 순식간에 얼굴이 빨갛게 닳아 오르기도 한다. 대화를 하는 도중 상대의 말한마디가 내 수치심을 자극할 수도 있다. 그 밖에도 수치심을 느끼는 단순한 이유는 많다. 다리가 너무 짧고 배가 나오고 머리숱이 적은 내 몸이 미의 기준에 부합하지 않아 창피함과 수치심을 느낄 수도 있다. 그래서 살이 찌면 옷으로 배를 가리면서 이를 부끄러워한다. 머리가 빠지기 시작한 사람은 머리를 잘 손질해서 머리숱이 많아 보이게 위장을 한다. 숨기고 싶어하는 모습을 다른 사람이 보지 못하게 하기 위해 우리는 무엇이든 할 것이다.

어떤 사건은 오래도록 가슴속에 흔적을 남긴다. 열 살짜리 아이가 밤에 실수한 것이 알려져 친구들에게 오줌싸개라고 놀림을 받은 경우 그럴 것이다. 이 아이는 수치심을 느끼며 그 순간 존엄성이 바닥에 떨어지는 경험을 할 것이다. 어른들이라고 다르지 않다. 직장 상사가 동료들 앞에서 나에게 망신을 준다면, 그 순간 그냥 사라지고 싶다는 생각이 들 것이다. 과거 동독에서 슈타지(비밀경찰) 요원이 한 젊은이에게 친구에 대한 정보를 넘기라고 협박을 한 적이 있다. 이 일은 정확하게 기록으로 남아 있으며, 오늘날 누구든지 그 기록을 열람할 수 있다. 전직 슈타지 요원의 잘못은 명백하다. 그리고 당사자도 자신의 잘못을 인식하고 있으며 과거의 잘못을 후회하고 있다. 그는 수치심으로 가득했다. 이처럼 수치심은 만연해 있다. 그리고 수치심은 늘 고통을 수반한다.

수치심은 치욕과 연결되어 있다

독일어로 수치심을 뜻하는 'Scham'은 '덮다', '감싸다' 등의 의미를 지닌 'kam/kem'이라는 인도게르만어에 뿌리를 두고 있다. 이 단어 앞에 's'를 붙이면 'skam' 즉, '자신을 덮다', '자신을 감싸다'는 뜻이 된다. 수치심은 치욕과 관련성이 있다. 치욕스러운 일을 겪고 나면 수치심을 느끼게 된다. 독일어에서는 치욕이 차별을 당하는 상황을 말하는 반면, 수치심은 주관적인 감정적 반응을 말해준다. 히브리어에서는 두 가지가 통합되어 있다. 성서에서는 우리의 잘못으로 야기된 치욕스러운 상황에서 느끼는 감정이 수치심이라고 표현한다.

수치심이라는 단어를 성서에서 찾아보면 창조 이야기에

이미 등장한다. "사람과 그 아내는 둘 다 알몸이면서도 부끄러워하지 않았다."(창세기 2장 25절) 이것이 파라다이스다. 알몸을 하고도 둘은 서로를 있는 그대로 수용할 수 있었다. 그러나 죄를 짓고 난 후의 상황은 달라졌다. "이에 그들의 눈이 밝아 자기들의 몸이 벗은 줄을 알고 무화과나무 잎을 엮어 치마를 하였더라."(창세기 3장 7절) 이 구절에서는 둘이 수치심을 느꼈다고 명시하고 있지는 않다. 하지만 독일어로 수치심이라는 단어는 앞에서 설명했듯 '덮다'라는 뜻이 있다. 최초의 두 사람은 그들의 '수치심' 즉, 그들의 성기를 덮으려 한다. 그들은 더 이상 보여주고 싶지 않은 것이 생긴 것이다. 하느님이 아담을 찾으시자 아담은 대답했다.

"동산에서 당신의 소리를 듣고 제가 알몸이기 때문에 두려워 숨었습니다."(창세기 3장 10절)

왜 숨고 싶은가

수치심은 두려움과도 연결되어 있다. 아담은 하느님이 자신의 알몸을 볼까봐 두려워하였다. 자신의 알몸이 자신의 죄를 드러낼까봐 두려워한 것이다. 아담과 하와가 지은 죄는 성적인 것과는 관련이 없다. 원죄는 그들이 하느님처럼 되고 싶어하는 데서부터 시작되었다. 그들은 하느님처럼 선과 악을 판단하고 싶어했다. 그러나 결국에는 자신들이 알몸이라는 사실을 깨닫게 된다. 아담과 하와는 죄 때문에 내적 갈등을 경험하게 된다. 그러면서 알몸을 보이지 않기 위해 몸을 가리려 한다. 그리고 하느님 앞에서 숨어버린다. 이 두 가지 반응이 수치심을 아주 잘 설명하고 있다. 수치심이 느껴지기 시작하면 우선 내 알몸, 다시 말해 내 진짜 모습을 상대에게 보여주기 싫어진다. 알몸을 드러낸다는 것은 모든 것을 숨김없이 보여주는 것을 의미한다. 수치심을 느끼면 그럴 수 없게 되며 몸을 가리게 된다. 우리가 가리고 싶은 것은 우리가 저지른 실수, 우리의 실패, 상대에게 부적절하게 반응했다는 자책 등이 될 수 있다. 그다음에는 하느님 앞에서 숨어버리려 한다. 우리는 사람뿐 아니라 하느님 앞에서도 수치심을 느낀다. 수치심은 항상 민망함, 부끄러움을 수반한다. 여기에서 민망함, 부끄러움을 의미하는 단어 'Peinlichkeit'에서 'Pein'은 원래 '형벌, 고통, 위기, 수고' 등을 뜻한다. 결국 'Peinlichkeit'는 불편하고, 부끄러운 것을 의미한다. 그리고 나를 부끄럽게 만드는 것은 벌을 받아 마땅한 것이라고 해석할 수도 있다. 그래서 그것을 남들 앞에서 감추고 싶은 것이다.

부끄러운 것을 감추려 하는 사람은 건강한 사람이다. 수치심은 우리를 보호해주는 기능이 있다. 문제는 나를 부끄럽게 만들기 때문에 감추고 싶은 부끄러움의 원인이 아니라, 나에 대해 다른 사람이 갖는 생각에 더 초점을 둔다는 것이다. 물론 다른 사람들의 시선에서 완전히 자유로울 수 없고, 다른 사람들로부터 긍정적인 평가를 받고 싶은 마음을 갖는 것은 자연스러운 일이다. 그러나 다른 사람들의 평가나 시선에 의존해 살아서는 안 된다. 다른 사람들이 나에 대해 어떤 생각을 하든 그것은 그들의 자유다. 나는 내 중심을 지키며 내가 느끼는 감정에 충실하면 된다.

수치심을 느끼는 이유

수치심을 느끼는 이유가 성숙하지 못해서라는 생각, 성숙해지면 수치심을 느끼지 않게 된다는 생각은 전적으로 오해다. 심리학자들은 수치심을 건강한 사람이 느끼는 감정 중 하나라고 설명한다. 수치심이 갖는 의미는 시대가 변하면서 재해석되었다. 1981년 『수치심의 가면』이라는 책을 쓴 정신분석학자 레온 부름저가 수치심에 새로운 의미를 부여한 최초의 사람 중 한 명이다. 그 이후 수많은 심리학자들이 수치심을 연구하면서 수치심에 대해 보다 자세하게 설명하기 시작했다. 수치심은 "시선이 아래로 향하면서 눈꺼풀이 처지고, 고개를 떨구거나 때로는 상체 전체를 앞으로 숙이고 웅크리는 자세"로 표현된다(Günter

H. Seidler의 『타인의 시선: 수치심에 관한 분석』 22쪽). 그 밖에도 얼굴이 빨개지는 경우도 많다. 어디론가 기어 들어가 숨어버리고 싶은 충동이 일어난다. 문제는 얼굴이 빨개지면 오히려 사람들의 시선을 더 끌게 된다. 수치심으로 인해 일어나는 또 다른 신체적 반응은 "경직된 표정"이다(Günter H. Seidler의 『타인의 시선: 수치심에 관한 분석』 23쪽). 내 감정과 속마음이 겉으로 드러나는 것을 방지하기 위해 얼굴 근육이 굳어지기 때문이다. 그러나 이 역시 성공적인 전략이 못 된다. 경직된 표정 때문에 내가 지금 수치심을 느끼고 무언가를 불편해하는 것을 다른 사람들이 눈치채고 만다. 대부분의 사람들은 상대에 비해 "약자의 위치에 처하거나, 불편한 방식으로 원치 않은 것들을 노출 당하거나 무시 당하거나 혹은 자신의 가치가 웃음거리가 될 때"(Günter H. Seidler의 『타인의 시선: 수치심에 관한 분석』 26쪽), 또는 다른 사람으로부터 부정적인 평가를 받는 느낌을 받을 때 수치심을 경험하게 된다. 레온 부름저는 수치심을 유발시키는 가장 대표적인 원인 또는 수치심의 핵심으로 세 가지를 꼽는다. 바로 약점, 결함, 더러움이 그 세 가지다. 다시 말해 지금 나에게 어떤 문제가 생겼다는 주관적인 느낌이 수치심을 불러일으킨다. 그래서 사람들은 신체적인 결함, 우울함 또는 정신적 문제에 대해 수치심을 느낀다.

수치심은 불편한 것이기 때문에 우리는 수치심에서 벗어

나고 싶어한다. 여기에서도 수치심을 완벽하게 제거하는 것은 불가능하다. 우리는 수치심을 변화시켜야 한다. 과연 어떻게 수치심을 변화시킬 수 있을까?

수치심은 존엄성을 지키는 파수꾼

우선 수치심의 긍정적 의미를 알아야 한다. 레온 부름저는 수치심을 "인간의 존엄성을 지키는 파수꾼"이라고 표현하면서 수치심이 중요한 역할을 수행한다고 설명한다. 수치심은 우리를 다른 사람들의 시선으로부터 보호해준다. 그것이 항상 성공적인 것은 아니다. 내가 수치스러워하고 있다는 것을 다른 사람들이 눈치채는 순간, 수치심은 더욱 깊어진다. 그러나 다르게 생각해보자. 무언가를 드러내 보여야 한다는 것은 수치심을 불러일으킨다. 수치심을 느끼기 때문에 다른 사람 앞에서 우리의 알몸을 드러내지 않는 것이다. 그리고 우리의 영혼을 적나라하게 보여주지 않는 것이다. 그래서 우리는 영혼의 가장 깊은 곳에 감춰져 있는 비밀을 보호할 수 있다. 이것이 수치심의 긍정적인 역할이다. 우리의 목표는 부정적인 수치심을 긍정적으로 변화시키는 것이다. 이는 세 단계를 통해 가능하다. 우선 수치심을 인정한 다음, 우리가 감추고 싶어하는 약점을 찾아내는 것이다. 그러고 나서 마지막 단계에서 자기 자신에 대한 신뢰를 바탕으로 약점을 수용하는 것이다. 다른 사람들의 평가에 집착하지 말아야 한다. 남의 이야기하기를 좋아하는 사람들은 내가 무엇을 하든 어차피 떠들 것이다. 그렇기 때문에 신경 쓸 필요가 없다.

수치심 인정하기

수치심을 느낀다는 사실을 인정한다면 수치스러운 감정을 불러일으키는 원인을 찾아내 수용해야 한다. 하느님 앞에서 부끄러워하고 수치스러워해야 할 것이, 우리 안에 아무것도 없다는 사실을 믿어야 한다. 하느님은 우리를 꿰뚫어 보시는 분이시다. 수치심을 불러일으키는 모든 것들을 하느님 앞에 내놓으면, 나를 수치스럽게 만드는 그것들을 서서히 받아들이고 나의 일부로 인정할 수 있게 된다. 이는 매우 중요한 과정이다. 그래야만 그동안 다른 사람들 앞에서 창피하게 여겼던 나의 모습을 보호할 수 있기 때문이다. 나의 약점을 다른 사람들에게 보여줄 필요는 없다. 그러나 그 약점이 다른 사람 앞에 드러난다 해도 이전에 비해 훨씬 덜한 수치심만 느끼게 될 것이다. 수치심이 완전히 사라지지는 않을 것이다. 우리는 계속해서 수치심을 느끼며 살아갈 것이다. 그러나 수치심은 하느님이 우리 안에 감춰져 있는 모든 것을 아시고, 하느님의 사랑으로 감싸 안으신다는 사실을 기억하게 해줄 것이다.

자신의 신앙을 부끄러워한다

어떤 사람들은 자신이 신앙인이라는 사실을 부끄러워한다. 신앙이 자신에게 너무나 중요하고 삶의 가장 은밀한 부분을 건드리기 때문에, 자신의 신앙을 다른 사람들의 시선으로부터 보호하려는 사람들이다. 그러나 성서는 다른 태도를 요구한다. 믿음을 수치스럽게 여기거나 감추지 말고, 공개적으로 고백하라고 말한다. 티모테오에게 보낸 서간에는 다음과 같이 쓰여 있다. "그러므로 그대는 우리 주님을 위하여 증언하는 것을 부끄러워하지 말고, 그분 때문에 수인이 된 나를 부끄러워하지 마십시오. 오히려 하느님의 힘에 의지하여 복음을 위한 고난에 동참하십시오."(티모테오에게 보낸 둘째 서간 1장 8절)

예수님은 회당장의 위선을 꼬집으시면서 반대로 예수님을 공격한 자들을 부끄럽게 만드셨다(참조: 루카복음 13장 17절). 물론 마땅히 수치스러워하고 부끄러워해야 할 일들도 있다. "그때 여러분이 지금은 부끄럽게 여기는 것들을 행하여 무슨 소득을 거두었습니까? 그러한 것들의 끝은 죽음입니다."(로마 신자들에게 보낸 서간 6장 21절)

우리는 위선이나 정당하지 않은 행동과 같이 옳지 않은 일들에 대해서는 수치심을 느껴야 한다. 그러나 예수님의 복음을 부끄러워해서는 안 된다. 우리는 예수님을 고백할 수 있어야 한다. 이것이 신약성서의 메시지다. 이렇게 설명할 수도 있겠다. 때로는 수치심이 우리가 마땅히 해야 할 것들이 무엇인지 짐작하게 해주기도 한다고. 우리는 다른 사람들 앞에 당당히 나서서 예수님을 구주로 고백해야 한다.

명
상
법

가장 최근에 수치심을 느꼈던 순간을 떠올려보자. 수치심을 느꼈던 원인이 무엇이었는가? 다른 사람들 앞에서 감추려 했던 것이 무엇이었는가? 왜 불편했는가? 그다음에는 내가 부끄러워하는 것들을 하느님 앞에 내놓는 것이다. 하느님 앞에서는 솔직하게 나의 모습을 드러내 보인다고 해서 수치심을 느낄 필요가 없다. 하느님은 모든 것을 아시는 분이다. 그리고 내 안에 어떤 모습이 있든지, 나를 있는 그대로 받아주시는 분이다. 하느님은 나를 부끄러워하시지 않는 분이다. 하느님은 내 안에 있는 모든 것들을 그분의 사랑으로 밝혀주고 싶어하신다. 손바닥이 위로 향하게 손을 편 다음, 과거에 수치스럽게 여겼던 나의 모습을 포함한 나의 모든 진실을 손바닥 위에 올려놓고 하느님 앞에 내놓음으로써 하느님의 사랑이 그것들을 감싸 안는다고 상상해보자.

16

과대성을 버리고
삶의 위대함을
보기

오늘날 자기애가 강한 사람들에게서 흔히 발견되는 특징이 과대성이다. 그들은 늘 특별한 존재가 된 듯한 기분으로 살아간다. 문제는 대부분의 경우 그러한 기분을 느끼는 대신 다른 사람들이나 자신의 삶에 불편함과 피해를 준다는 것이다. 인간관계에서 어려움을 느끼고 있다는 한 여성의 이야기를 살펴보자. 그녀는 자신의 문제를 직시하기보다 신앙인으로서 우월감에 사로잡혀 스스로를 성스럽고 특별한 존재로 여겼다. 그녀는 자신을 성자처럼 생각했다. 그러니 평범한 사람들과의 평범한 인간관계가 굳이 필요하지도 않았던 것이다. 이런 이유로 계속해서 직장을 옮기는 사람도 있다. 그들 중 일부는 이직을 하는 이유가 자신은 매우 창의적이고 탁월한 능력을 갖추었는데 그런 자신을 상사가 질투를 했기 때문이라고 또는 회사의 규모가 자신의 재능에 비해 너무 작았다고 하면서 지나친 자신감을 보인다. 그런 사람들을 만나보면 그러한 과대성의 바탕에 자신에 대한 과대평가가 깔려 있다는 인상을 지울 수 없다.

과대망상과 과대성

과대망상과 과대성은 닮아 있다. 그래도 둘은 분명한 차이가 있는 개념이다. 과대망상에 빠진 사람은 대개 절제하지 못하는 태도나 행동을 보인다. 무리하거나 도를 지나치기 일쑤다. 과대망상에 사로잡혀 행동하기 때문이다. 반면 과대성은 사람을 수동적으로 만든다. 과대성향을 보이는 사람은 자신이 평범하고 평균적인 사람들과 다르기 때문에 그들을 피해 자만심이라는 감정으로 도피하기 때문이다. 그런데 과대망상에 빠진 사람들을 자세히 살펴보면, 과대망상을 통해 자신의 자격지심을 상쇄하려는 모습이 보이기도 한다. 그런 의미에서 과대망상 역시 현실도피의 한 현상이라 할 수도 있다.

과대성으로의 도피는 특히 외로움을 인정하지 않으려고 망상적인 감정에 젖는 자기애가 강한 사람들에게서 나타나는

현상이다. 그렇다고 해서 과대성향을 보이는 사람이 다 그렇다
는 것은 아니다. 과대성이 문제가 되는 것은 다른 사람들을 얕
보고 무시하는 태도, 다른 사람을 무지하고 무능하다고 얕잡아
보는 태도로 표현될 때다.

나에 대한 진실로부터의 도피

독일어 'grandios'는 위대하고 장엄하다는 뜻을 지닌 이탈
리아어의 'grandioso'에서 유래한 단어다. 과대성(Grandiosität)은
위대함이나 웅장함을 느끼는 감정이다. 심리학에서는 과대성향
을 일종의 보상 심리라고 설명한다. 내 삶이 전혀 위대하거나
대단하지 못하다고 생각하는 사람들이 있다. 그런 사람들은 위
대함이나 웅장함을 느끼고 싶어한다. 인생이 보잘것없고 시시
하다. 이런 내 인생이 견딜 수 없는 것이다. 그래서 과대성으로
도피하는 것이다. 심리학에서 설명하는 과대성은 우리에게 아
무런 유익이 없다. 나에 대한 진실과 내 삶의 현실로부터의 도
피일 뿐이기 때문이다.

과대성으로의 도피는 여러 형태로 나타난다. 인간관계를
맺는 데 어려움을 겪지만 그 문제를 직시하지 않고 스스로를 성
스럽고 특별한 존재로 여기는 여성의 경우 친밀감과 인간관계
에 대한 갈증을 무시한다. 그러나 언젠가는 그 갈증이 다시 수

면 위로 올라올 것이다. 그때는 그 갈증이 큰 고통으로 다가올 것이다. 그녀는 별 볼 일 없는 사람들이나 인간관계에 집착한다고 생각한다. 자신은 영적으로 성숙해서 그러한 유치한 인간적 욕구를 초월했다는 것이다. 그러나 그것은 착각일 뿐이다. 모른 척했던 그 욕구와 언젠가는 다시 직면하게 될 것이다.

또 다른 예를 살펴보자. 한번은 비교(秘教)에 빠진 아내 때문에 찾아온 의사를 상담한 적이 있다. 아내는 천사들과만 대화한다고 했다. 그것은 남편과의 논쟁과 대화를 회피하는 그녀만의 방법이었다. 그녀는 남편과 이야기를 나누는 것이 아무런 의미가 없다는 것이었다. 그래서 모든 것을 천사들과 상의한다는 것이다. 천사들은 그녀에게 정확한 답변을 주었던 것이다. 그러면서 아내는 남편이 영적으로 너무 미성숙하다고 했다. 남편과 대화를 나누는 것이 그녀의 신앙적 수준에 비추어 봤을 때 어울리지 않는다는 것이었다. 현실로부터 도피하고 모든 공격이나 비난으로부터 스스로를 철저하게 방어하는 방법이었다. 문제는, 이 경우 인생이 통째로 망가질 수도 있다. 다른 사람들보다 늘 자신을 더 높은 단계에 올려놓기 때문이다. 자신을 너무 높이 올려놓다 보면 어느 날 갑자기 추락하게 될 수도 있다.

간절한 갈망 허용하기

나는 과대성이 일종의 망상으로의 도피라는 점에서 과대망상과 구별된다고 본다. 살아가면서 지나친 자신감에 도취되어 계속 이직을 하는 사람의 경우, 자신의 실패로부터 도피해 자신을 위대한 사람으로 설정하는 망상 속으로 숨지만 내면 깊은 곳 어딘가에는 자신이 정말 좋아할 수 있는 일과 진정한 채워짐에 대한 갈망을 가지고 있을 수 있다.

그렇다면 과대성이 더 이상 도피처가 아니라, 충만한 삶의 토대가 될 수 있게 과대성을 변화시키는 방법은 무엇인가? 우리가 느끼는 모든 감정과 심리에는 항상 일말의 진실과 정당한 갈망이 포함되어 있다. 과대성 안에는 모든 인간이 유일무이한 존재라는 인식이 내재되어 있다. 인간은 하느님의 형상을 닮은 유일무이한 존재임에 틀림없다. 그렇기 때문에 모든 인간은 특별하다. 문제는 나의 특별함으로 인해 다른 사람이 희생되어서는 안 된다. 내가 특별하기 때문에 다른 사람의 특별함, 다른 사람의 불가침한 존엄성, 그리고 하느님의 창조물로서의 그의 개성을 존중해야 한다.

　과대성 안에 숨겨져 있는 또 다른 갈망은 피상적이고 평범한 삶에서 벗어나, 자신과 자신의 삶의 비밀을 발견하고 그 가치를 인정받고 싶어하는 욕구다. 우리는 방송에서 떠들어 대는 인생의 외적인 요소들 외에 무언가가 더 있다는 사실에 대해 어렴풋하게 짐작한다. 음악과 시는 인간의 위대함을 노래한다. 과대성을 표현하는 건강한 방법이다. 내 삶의 현실로부터 도피하는 것이 아니라, 내 삶의 현실과 평범함의 한복판에서 인간이라는 존재로서 갖는 나의 특별함을 표현하는 것이다. 내 영혼은 황금빛을 발한다. 나는 하느님이 허락하신 존엄성을 지닌 존재다. 그리고 이 존엄성은 일상생활 속에서도 드러나야 한다. 세상의 허망함으로부터 벗어나 망상에 젖는 것이 아니다. 세상을 바라보는 시야를 넓히는 것이다. 눈을 들어 모든 인간이 지니고 있는 위대함과 특별함을 발견하는 것이다. 그러면 삶의 깊이가 훨씬 더 깊어지게 된다. 매일 마주하게 되는 갈등에 또다시 직면하게 되겠지만 그게 인생의 전부가 아니고 삶의 또 다른 차원이 존재한다는 사실을 깨닫게 된다. 그러면 내가 직면한 갈등과 일상의 문제들은 상대적으로 작아진다. 일상의 각박함 속에서도 여유, 자유 그리고 위대함을 느낄 수 있게 된다.

명
상
법

　불에 타는 떨기나무를 떠올려보자. 떨기나무는 우리 안에 존재하는 무
가치한 것, 무시당하는 것, 말라비틀어진 것, 보잘것없고 평범한 것을 상징
한다. 그러나 하느님의 영광은 바로 떨기나무를 통해 나타나셨다. 떨기나무
는 불에 타고 있었지만, 타 없어지지 않았다(하느님이 모세에게 이스라엘 백성의 이
집트 탈출을 명하실 때 불타는 떨기 속에서 나타나셨다는 탈출기의 이야기를 빗댐-옮긴이).
우리 자신에게 적용하면 다음과 같다. 나는 변함없이 떨기나무의 모습을 소
유한 존재, 평범하고 보잘것없는 사람이다. 그렇지만 하느님이 임재하시는
곳이기도 하다. 하느님의 빛이 나를 밝혀주신다. 떨기나무는 나의 진정한 크
기를, 나의 진정한 과대성을 보여준다. 동시에 나의 보잘것없음을 인식시켜
준다. 바로 이 이중성 속에서 우리는 살아가는 것이다. 우리 모두는 하느님
의 자녀이고, 바로 그 때문에 특별한 존재다. 우리는 하느님이 거하시는 곳이
다. 그래서 우리는 존엄한 존재다. 그러면서도 우리는 실수와 약점투성이 인
간이다. 예수님은 끊임없이 내 영혼의 가장 깊고 어두운 곳으로 내려가야 한
다고, 낮아져야 한다고 하셨다.

감정과
열정은
삶의 원동력

우리는 고대 수도사들이 '로기스모이'라고 불렀던 여러 감정과 열정을 살펴보았다. 중요한 공통점은 감정을 지우거나 제거해버리는 것이 아니라, 변화시켜야 한다는 점이었다. 이 책은 기독교 복음의 핵심이기도 한 변화가 특정 감정과 열정에서 어떻게 일어날 수 있는지를 소개한다. 그것들은 몇몇 사례에 불과하다. 우리가 경험한 모든 것들, 우리의 성공과 실망, 우리가 느끼는 감정과 두려움, 열정과 욕구는 변할 수 있다. 변화는 변화의 대상을 바라보는 데서부터 시작된다. 이때 감정을 평가하는 것이 아니라, 감정을 있는 그대로 허용하는 것이다. 동시에 그 감정이 어떤 피해를 가져올 수 있는지, 어느 부분에서 삶의 장애물로 작용하는지 물어보아야 한다. 그다음 감정과 열정이 삶의 의욕으로, 삶을 더 풍성하게 만들어주는 원동력으로 변화시키는 방법을 찾으면 된다.

변화의 원형은 성서에서 세 명의 공관복음서(신약성서의 마태오, 마르코, 루카복음 세 권을 통틀어 일컫는 명칭-옮긴이) 저자가 공통적으로 소개하는 예수님의 변화에서 찾아볼 수 있다. 마태오와 마르코는 그리스어 '메타모르포스타이'를 사용해 변화를 설명하고 있다. 이것은 로마의 시인 오비디우스의 『변신 이야기(메타모르포세이스)』에서도 사용되는 단어다. 예수님의 경우 그 어떤 열정도 변화시킬 필요가 없었다. 예수님은 겉모습만 변했다. 제자들은 예수님의 겉모습에만 집중하였다. 예수님의 변화로 제자들은 예수님이 누구인지 제대로 알아볼 수 있게 되었다.

예수님의 변화 사건은 변화의 목표가 내 원래의 모습, 하느님의 형상이 드러나는 것임을 가르쳐준다. 물론 이때 하느님의 형상이 내 얼굴과 내 겉모습을 통해 밖으로 드러나야 하는 것이다. 다시 말해 감정과 열정이 가득한 내 모습을 통해 완전하고 가장 근원적인 하느님의 형상이 밝게 드러나야 한다는 것이다. 이는 내 안에 존재하는 모든 감정과 열정에 하느님의 빛이 스며들고 통과할 수 있을 때 가능해진다. 루카는 예수님이 기도하시는 중에 변하셨다고 이야기한다(루카복음 9장 29절). 기도를 통해 우리가 우리의 원형인 하느님의 형상에 접근할 수 있다는 뜻이다. 그러면 모든 감정과 열정이 변화되고 투명해져 하느님의 빛이 우리를 환하게 밝혀준다는 뜻이다. 루카는 기도 안에서 열정이 변화된다고 설명하고 있다. 물론 매우 특별한 방식의 기도를 해야 한다. 기도를 통해 하느님이 내 모든 문제를 거두어가시기만 하는 것은 아니다. 기도를 통해 내 모든 진실, 열정, 감정, 욕구를 하느님 앞에 내려놓는 것이기도 하다. 그리고 그분이 내 안의 모든 것들을 다 변화시키실 수 있음을 믿는 것이다. 그러면 하느님의 빛이 걱정, 두려움, 슬픔, 질투, 시기, 분노 등을 모두 밝게 해준다. 수많은 저서들이 우리 안에 존재하는 모든 것을 다 바꿔야 한다고 경고하면서, 큰 목표를 세우고 그것을 달성해야 한다고 압박한다. 그러나 하느님의 빛 아래에서 일어나는 변화는 우리를 그러한 압박으로부터 자유롭게 해준다.

최초로 이방인에게 복음을 전한 전도자 바오로는 보는 것을 통해 변화된다고 설명하였다. 예수님의 영광을 봄으로써 예수님의 모습으로 변화된다는 것이다. "우리는 모두 너울을 벗은 얼굴로 주님의 영광을 거울로 보듯 어렴풋이 바라보면서, 더욱더 영광스럽게 그분과 같은 모습으로 바뀌어 갑니다. 이는 영이신 주님께서 이루시는 일입니다."(코린토 신자들에게 보낸 둘째 서간 3

장 18절) 여기에서 바오로는 거울로 보듯 예수님의 영광을 바라본다고 언급한다. 고대에는 신비한 거울을 통해 신적 존엄성을 가진 자기 자신을 볼 수 있다고 믿었다. 우리는 거울 속에서 하느님의 영광을 볼 뿐 아니라, 우리 자신의 영광도 보는 것이다. 그러나 바오로는 구체적으로 예수님의 영광을 이야기하였다. 예수님 안에 있는 우리를 하느님의 영광이 밝혀주시는 것이다. 예수님을 마치 거울로 보듯 바라본다면, 거울 속에서 나 자신을 발견하게 되듯 예수님의 모습에서 그분의 모습처럼 변화된 나 자신을 발견하게 되는 것이다. 다시 말해 하느님이 우리 모두에게 허락하신 유일무이한 형상으로 변화된다는 것이다. 그리고 이 형상은 각각 다른 방식으로 예수님의 모습을 담아 낸다. 보면 볼수록 그 모습과 점점 더 비슷해지고, 그 모습으로 바뀌어 가는 것이다. 그래서 변화는 기도의 목표일 뿐 아니라, 신비주의의 목표이기도 하다. 바오로는 여기에서 예수님의 모습에서 자기 자신의 유일무이한 형상을 발견하게 된다는 신비한 경험을 소개하고 있다.

기도와 신비로운 체험은 변화를 일어나게 한다. 두 가지 모두 기독교인들의 성찬식 때 절정에 달한다. 성찬식 중 신도는 하느님 앞에서 빵과 포도주의 형상으로 우리의 현실을 내려놓고 우리 안에 있는 모든 것을 변화시켜주시기를 기대한다. 나는 빵과 포도주가 다섯 가지 의미의 변화를 상징한다고 생각한다. 어떤 형상은 이 책에 소개한 감정들과도 관련이 있다.

첫 번째: 빵은 매일같이 나를 괴롭히고 지치게 만드는 모든 것을 의미한다. 걱정과 근심을 빵에 담아 하느님 앞에 내놓는다. 매일의 수고로움이 가득한 빵이 나를 진정으로 배 불려주는 하늘의 빵으로 변화된다.

두 번째: 잔은 고통으로, 즉 내 개인과 세상의 고통을 의미한다. 내 모든 수치와 나를 고통스럽게 하는 모든 것들을 하느님 앞에 내놓는다. 내가 아끼는 사람들의 고통도 하느님 앞에 내놓는다. 그리고 하느님이 고통의 잔을 치유의 잔으로 변화시키시고 하느님의 사랑이 모든 아픔과 고통에 스며들어 그것들을 바꿔주시기를 믿어야 한다.

세 번째: 성서에는 쓴잔이라는 표현이 자주 등장한다. 우리는 하느님께 삶의 고통을 의뢰하면서 하느님이 그것들을 위대한 사랑을 통해 달콤함으로 변화시켜주실 것이라고, 고급 와인을 마실 때 느껴지는 향긋함으로 변화시켜주실 것이라고 믿는 것이다.

네 번째: 유대 전통에는 애도의 잔이라는 개념이 존재한다. 애도는 사랑하는 사람의 죽음에 대한 애도뿐 아니라 놓쳐버린

삶의 기회들, 산산조각이 난 꿈과 보잘것없는 내 삶에 대한 애도도 포함한다. 애도의 잔과 함께 우리의 슬픔, 자기연민, 우울함을 하느님 앞에 내놓으면 하느님이 그것들을 위로로 변화시켜주신다. 위로는 하느님이 우리에게 주시는 안정감이다. 하느님이 직접 우리의 외로움에 개입하심으로 우리는 위로를 받는다(콘솔라티오: 라틴어로 나의 외로움 가운데 한 사람이 나와 함께한다는 뜻).

다섯 번째: 잔은 물을 섞은 포도주로 채워져 있다. 이것은 여러 가지가 섞여 있는 우리의 사랑을 상징한다. 우리의 사랑은 대부분의 경우 상대에 대한 의심, 질투와 시기, 분노와 공격성, 상처와 실망 그리고 소유욕이 섞여 있다. 이 사랑을 하느님 앞에 내놓으면 하느님의 사랑이 이것을 순수한 것으로 변화시켜주신다.

여기 감정과 열정의 변화 과정에서 일어나는 현상들과 일상을 위한 제안들은 성찬식에서 모두 발견할 수 있다. 감정을 대하는 방식, 변화의 과정 그리고 성찬식 중에서 어떤 것이 더 효과적인지 따지기는 어렵다. 융은 종교 의식이 무의식의 깊은 곳까지 영향을 미친다고 했다. 외형적인 변화뿐 아니라, 내 영혼의 깊은 곳에서도 변화가 일어나는 것이다. 따라서 종교 의식과 영성 훈련 가운데 하나만을 택할 수는 없다. 감정과 열정이 변하여 우리 삶의 원동력이 되고, 하느님이 우리 각자에게 허락하신 유일무이한 모습이 더 투명하게 드러날 수 있게 하기 위해서는 두 가지가 모두 중요하다. 나는 이 변화를 이 책을 읽는 모든 독자들이 경험해보기를 진심으로 원한다. 지난 몇 년 사이 변화의 방법들은 나에게 기독교인이 살아가는 방식에 있어 가장 중요한 방법들로 다가왔다. 이 책이 소개하는 변화의 방법들이 계속해서 변하고 발전해야만 한다는 압박으로부터 당신을 자유롭게 해주기를 바란다. 그리고 변화의 방법들을 통해 하느님의 은혜를 경험할 수 있는 새로운 길을 찾을 수 있기를 바란다. 여기에서 제시된 변화의 방법은 모든 인간의 노력과 행위보다 하느님의 은혜가 최우선시되어야 한다는 마르틴 루터의 깨달음과 일맥상통한다. 또한 가톨릭 소설가 조르주 베르나노스가 쓴 『어느 시골 신부의 일기』에서, 거센 속세의 풍파 속에서 초심을 잃지 않으려는 시골 신부가 삶의 깨달음이자 결론으로 남긴 "모든 것이 은혜로다"라는 고백과도 일치한다. 조르주 베르나노스의 삶은 내면의 갈등, 두려움, 걱정으로 가득한 괴로운 인생이었다. 그는 자신이 비극적인 삶을 살았다고 표현했다. 그를 잘 아는 프랑스 비평가 알베르 베갱은 그가 새롭게 엄습해오는 두려움과 불안에도 불구하고 시골 신부의 입을 빌려 "모든 것이 은혜로다"라고 말할 수 있었다고 설명한다. 모든 것이 은

혜라는 확신은 우리의 감정을 두려움 없이 바라볼 수 있게 해준다. 모든 것이 허용되기 때문이다. 제아무리 부정적이고 파괴적인 감정이라도 변화될 수 있음을 믿기 때문이다. 하느님의 은혜는 열정과 감정이 가져오는 위험보다 훨씬 강하기 때문이다. 그리고 하느님의 은혜는 우리에게 모든 것이 변화될 수 있고, 그 결과 진정한 자신의 모습에 더 가까워지고 하느님이 창조하신 자신의 유일무이한 원형의 모습을 되찾게 될 것이라고 말씀하신다.

인생이 뜻대로 되지 않을까
걱정하고 두려워하는 사람들이 있다.
낙오자가 될까봐, 홀로 남겨질까봐, 병에 걸릴까봐
걱정하는 사람들이다.
대다수 두려움은 괜한 우려나 걱정으로 드러난다.
그렇다고 두려움이 쓸데없는 것은 결코 아니다.
두려움이 없다면 우리는 무방비 상태가 된다.
두려움에도 의미가 있다.
두려움은 우리에게 과제를 준다.

안셀름 그륀